日出东南隅

王运熙讲乐府诗

王运熙——著

丛书主编——董伯韬

湖南文艺出版社
PUBLISHING & MEDIA
HUNAN LITERATURE AND ART PUBLISHING HOUSE

图书在版编目（CIP）数据

日出东南隅 ：王运熙讲乐府诗 / 王运熙著. 一 长
沙 ：湖南文艺出版社，2023.8
（大家讲人文）
ISBN 978-7-5726-0726-4

Ⅰ. ①日… Ⅱ. ①王… Ⅲ. ①乐府诗－诗歌欣赏－中
国－古代 Ⅳ. ①I207.226

中国版本图书馆CIP数据核字(2022)第151186号

日出东南隅：王运熙讲乐府诗
RI CHU DONGNANYU ：WANG YUNXI JIANG YUEFUSHI

著　　者：王运熙
出 版 人：陈新文
责任编辑：耿会芬
封面设计：Mitaliaume
内文排版：钟灿霞

出版发行：湖南文艺出版社
（长沙市雨花区东二环一段508号 邮编：410014）
网　　址：http://www.hnwy.net
印　　刷：长沙新湘诚印刷有限公司
经　　销：新华书店
开　　本：880mm×1230mm 1/32
印　　张：10.25
字　　数：165千字
版　　次：2023年8月第1版
印　　次：2023年8月第1次印刷
书　　号：ISBN 978-7-5726-0726-4
定　　价：59.80元

（若有质量问题，请直接与本社出版科联系调换）

主编弁语

"往古之时，丛木曰林。"
在一本文集的小引中，海德格尔这样起笔。

他说："林中有路，每入人迹罕至处，是为林中路。"

他叮嘱人们，那些路看似相类实则迥异，只有守林人认得。

由此亦可想见，
认识些诚实的守林人有多幸运。

而幸运自该分享。
于是有了这部丛书。

这是守林人绘就的地图。

带着它们，当可认识林，认识既显且隐的林中路。

董伯韬
二〇二三癸卯芒种将至在上海

目
录
Contents

辑一　论述篇

辑二　赏析篇

辑一
论述篇

略谈乐府诗的曲名本事与思想内容的关系

《词苑丛谈》引清邹祗谟《词衷》曰："《词品》云：'唐词多缘题，所赋《临江仙》则言水仙，《女冠子》则述道情，《河渎神》则缘祠庙，《巫山一段云》则状巫峡，《醉公子》则咏公子醉也。'……愚按……古人大率由词而制调，故命名多属本意；后人因调而填词，故赋寄率离原词。"（卷一《体制》）说明初期词作，往往内容与词调名称吻合；后人因调填词，内容发生变化，常常离开原题的意思。这种现象也见于乐府诗。词亦名乐府，其体制承受汉魏六朝乐府诗的不少影响，这种现象其实也是沿袭了乐府诗的传统。但乐府诗中的这种现象，一般读者和研究者注意较少；由于后起之作离开了曲名和本事，甚至引起一些误会。本篇拟略述这方面的情况，供阅读和研究乐府诗的同志们参考。

一

乐府诗曲名和歌辞内容吻合的作品是大量存在的。这种现象在鼓吹曲辞、横吹曲辞中表现尤为普遍。像鼓吹曲辞的《朱鹭》《战城南》《巫山高》《将进酒》《芳树》《有所思》等曲，横吹曲辞中的《陇头》《出塞》《入塞》《折杨柳》《关山月》《梅花落》等曲，大量的歌辞内容均与曲名相吻合，例如《战城南》写战争，《将进酒》写饮酒。但后来的某些作品，题材、主题与古辞相比，也有所发展变化。例如鼓吹曲辞的《巫山高》曲，《乐府诗集》（卷一六）说：

> 《乐府解题》曰：古词言江淮水深，无梁可度，临水远望思归而已。若齐王融"想象巫山高"，梁范云"巫山高不极"，杂以阳台神女之事，无复远望思归之意也。

虽然内容仍与巫山有关，但与古辞"临水远望思归"的内容已有所不同。又如《有所思》曲，古辞是写男女之情，后来的作品题材、主题也有变化。《乐府诗集》（卷一六）说：

> 《乐府解题》曰：古词言："有所思，乃在大海南，何用问遗君？双珠玳瑁簪。闻君有他心，烧之当风扬其灰；从今已往，勿复相思，而与君绝也。"……宋何承天《有所思》篇曰："有所思，思昔人，曾闵二子善养亲。"则言生罹荼苦，哀慈亲之不得见也。

何承天诗作内容虽仍与曲名相合，但不是写男女相思，而是写孝子忆念慈亲，题材、主题已经不同了。

乐府相和歌辞、清商曲辞、杂曲歌辞等类中，曲名和歌辞内容吻合的作品，也是大量存在的。如相和歌辞中的《王昭君》《王子乔》《燕歌行》《从军行》《相逢行》《蜀道难》等曲，清商曲辞中的《懊侬歌》《春江花月夜》《乌夜啼》《估客乐》《襄阳乐》等曲，杂曲歌辞中的《悲哉行》《妾薄命》《长相思》《行路难》等曲，现存歌辞内容大抵都和曲名相吻合，例如《王昭君》咏昭君故事，《从军行》写从军征战之事。但正像上述鼓吹曲辞那样，后来某些作品的题材、主题比古辞也有发展变化。例如《燕歌行》，现存歌辞以曹丕的"秋风萧瑟天气凉"等二首为最早，写妇女忆念远客北方边地的丈夫。《乐府诗集》（卷三二）说：

> 《乐府解题》曰：晋乐奏魏文帝"秋风""别日"二曲，言时序迁换，行役不归，妇人怨旷，无所诉也。《广题》曰：燕，地名也。言良人从役于燕，而为此曲。

曹丕以后南朝不少作家写的《燕歌行》，题材、主题大致与曹丕所作相同；唐代高适的《燕歌行》，另辟蹊径，着重写唐时燕地一带紧张的战斗，军士的艰苦生活与豪迈气概，境界开阔，面目一新。这种题材、主题的发展变化是必要的。没有这种变化，诗的思想内容就容易陈陈相因，缺乏创新精神。高适能够写出《燕歌行》这样优秀的作品，同他突破旧传统的创新精神分不开。

相和歌辞、清商曲辞的某些曲调，有一个本事；现存歌辞，其内容有的与本事相符，有的则有了变化。例如相和歌辞的《箜篌引》，一名《公无渡河》，《乐府诗集》（卷二六）引崔豹

《古今注》载其本事说：

> 《箜篌引》者，朝鲜津卒霍里子高妻丽玉所作也。子高晨起刺船，有一白首狂夫，被发提壶，乱流而渡。其妻随而止之，不及，遂堕河而死。于是援箜篌而歌曰："公无渡河，公竟渡河。堕河而死，将奈公何！"声甚凄怆。曲终，亦投河而死。子高还，以语丽玉。丽玉伤之，乃引箜篌而写其声，闻者莫不堕泪饮泣。丽玉以其曲传邻女丽容，名曰《箜篌引》。

现存《箜篌引》《公无渡河》歌辞，自梁代刘孝威到唐代李贺、温庭筠等人的作品，内容均与本事相合，这是一种情况。

又如相和歌辞中的《陌上桑》曲，《乐府诗集》（卷二八）引崔豹《古今注》载其本事说：

> 《陌上桑》者，出秦氏女子。秦氏，邯郸人，有女名罗敷，为邑人千乘王仁妻。王仁后为赵王家令。罗敷出采桑于陌上，赵王登台，见而悦之，因置酒欲夺焉。罗敷巧弹筝，乃作《陌上桑》之歌以自明。赵王乃止。

可见《陌上桑》原词是王仁妻秦罗敷为拒绝赵王的强夺而作，其辞早已不传，魏晋时乐府所奏《陌上桑》古辞，即为我们现在所见的《日出东南隅》篇。篇中女角虽亦名秦罗敷，且采桑于陌上，但并非拒绝赵王强夺，而是拒使君求婚，故事已有不同。按《乐府诗集》引《古今乐录》云："《陌上桑》，歌瑟调古辞《艳歌罗敷行·日出东南隅》篇。"原来《日出东南隅》篇本为相和歌辞瑟调曲中的《艳歌罗敷行》曲，与相和歌辞相和曲中的《陌上桑》不是一曲；只因《陌上桑》曲古辞不传，而《日出东南隅》篇题材接近，女子巧拒豪贵（这种事情在古代是相当多的）的主题又相同，因此《陌上桑》曲借用其歌辞入乐。后来《陌上桑》《日出东南隅行》二曲的作品，有不少是沿袭《日出东南隅》篇的；罗敷婉拒赵王强夺的本事，因无古辞流传，不再发生影响了。

再如清商曲辞中的《丁督护歌》，现存歌辞内容也与本事不相符合。《宋书·乐志》载《丁督护歌》的本事说：

　　《督护歌》者，彭城内史徐逵之为鲁轨所杀，宋高祖使府内直督护丁旿收敛殡礆之。逵之妻，高祖长女也。呼旿至阁下，自问敛送之事。每问，辄叹息曰：丁督护！其声哀切，后人因其声广其曲焉。

这本事可以《宋书·武帝纪》的记载作佐证。《武帝纪》云："义熙十一年正月，公（指武帝刘裕，时为宋公）率众军西讨。三月，军次江陵。公命彭城内史徐逵之、参军王允之出江夏口，复为鲁轨所败，并没。"（节录）督护本指收尸人丁旰，徐逵之西征丧身，而现存的《丁督护歌》却写女子送督护北征，前去洛阳，与本事大不相同。原来宋高祖长女哭其夫徐逵之战没，痛呼"丁督护"，声调哀切，后人只是利用其声调写作歌词，来表现女子送别丈夫出征时的哀伤之情，所以与本事大相径庭了[①]。至于李白的《丁督护歌》（一作《丁都护歌》），内容又有变化，描写吴地云阳一带船夫搬运磐石的艰苦生活，"一唱都护歌，心摧泪如雨"，当他们唱着流行于吴地声调哀切的《丁督护歌》时，就摧伤欲绝、泪下如雨了。李白诗只是利用船夫唱《丁督护歌》时心摧泪下的情节，来帮助刻画船夫的辛苦和悲痛，其诗的内容同本事距离更远了。唐人的古题乐府，与南

---

① 参考王运熙《吴声西曲杂考·丁督护歌考》。

朝文人之作不同，常常能突破原来的题材和主题，反映当时的社会生活，呈现新颖的面貌，再加上艺术技巧的卓越，因而成绩斐然。高适《燕歌行》、李白《丁督护歌》都是其例。

二

下面想谈谈乐府歌辞与曲名不相符合的情况。这种情况在相和歌辞中比较多，有些作品还颇著名，值得我们注意。

先说相和歌辞中的《薤露》《蒿里》两曲，《乐府诗集》（卷二七）记其缘起说：

> 崔豹《古今注》曰：《薤露》《蒿里》，并丧歌也。本出田横门人。横自杀，门人伤之，为作悲歌，言人命奄忽，如薤上之露，易晞灭也。亦谓人死魂魄归于蒿里。至汉武帝时，李延年分为二曲，《薤露》送王公贵人，《蒿里》送士大夫庶人，使挽柩者歌之，亦谓之《挽歌》。……按蒿里，山名，在泰山南。

《薤露》《蒿里》二曲古辞，歌辞简短，录在下面供参照：

 薤上露，何易晞。

 露晞明朝更复落，人死一去何时归！

 蒿里谁家地，聚敛魂魄无贤愚。

 鬼伯一何相催促，人命不得少踟蹰！

此二曲古辞，原来作为挽歌，人死出殡时使挽柩者歌之。《薤露》《蒿里》的曲名，均出自古辞首句。后来曹操的《薤露》《蒿里》二曲，不再是送死人出殡时的挽歌，而用来描写汉末丧乱。《薤露》曲有云："荡覆帝基业，宗庙以燔丧。……瞻彼洛城郭，微子为哀伤。"《蒿里》曲有云："铠甲生虮虱，万姓以死亡。白骨露于野，千里无鸡鸣。生民百遗一，念之断人肠。"其内容固然与曲名不相吻合，但从古辞的哀悼个人死亡扩大到哀悼国家丧乱，在意思上仍有相通之处，所以方东树评为"所咏丧亡之哀，足当挽歌也"（《昭昧詹言》卷二）。后来东晋张骏的《薤露》曲，写西晋覆亡之痛，就是继承了曹操诗的传统的。至于曹植的《薤露》曲，因薤露而想到人生短促（"人居一世间，忽若风吹尘"），因而企求乘时立业，虽在内容上与古辞还有一些联系，但距离就更远了。

再说相和歌辞中的《豫章行》（见《乐府诗集》卷三四），古辞一首，写豫章山上的白杨，为人砍伐，运往洛阳作建筑材料。结果是："身在洛阳宫，根在豫章山。多谢枝与叶，何时复相连？……何意万人巧，使我离根株！"后来西晋傅玄有《豫章行·苦相篇》，写女子苦相为丈夫所遗弃，结果"昔为形与影，今为胡与秦。胡秦时相见，一绝逾参辰"。从写树木被砍伐到写妇女被遗弃，题材大不相同，但古辞的"何时复相连""使我离根株"的思想意义却还保存着。同时陆机也有《豫章行》，写与亲戚分手的悲感，有云："川陆殊途轨，懿亲将远寻。三荆欢同株，四鸟悲异林。乐会良自古，悼别岂独今。"在伤离悼别慨叹"何时复相连"的意思上也和古辞保持着联系。还有曹植的《豫章行》二首，歌咏史事，其第二首有云："他人虽同盟，骨肉天性然。周公穆康叔，管蔡则流言。"实际是借咏史来表现自己受到曹丕、曹叡疑忌打击的痛苦。在骨肉不和以至分离"使我离根株"这一点上，也和古辞内容保持着联系。至于李白的《豫章行》，描写安史乱后老母送子参军，"呼天野草间"的悲惨情景，则不但在分离内容上与古辞有联系，而且由于写的是豫章一带的情状（篇中有"白杨秋月苦，早落豫章山"句），重新与曲名相吻合了。

从上述《薤露》《蒿里》《豫章行》诸曲调看，后来的歌辞尽管与曲名、本事不合，但在思想内容上仍然保持着若干联系。让我们再看相和歌辞中的《雁门太守行》。《乐府诗集》（卷三九）说：

> 《古今乐录》曰："王僧虔《技录》云：《雁门太守行》，歌古洛阳令一篇。"《后汉书》曰："王涣，字稚子，广汉郪人也。……还为洛阳令，政平讼理，发擿奸状，京师称叹，以为有神算。元兴元年病卒。……民思其德，为立祠安阳亭西，每食辄弦歌而荐之。……"《乐府解题》曰："按古歌词历述涣本末，与传合，而曰《雁门太守行》，所未详。"

现存《雁门太守行》古辞，开头云："孝和帝在时，洛阳令王君，本自益州广汉蜀民，少行宦，学通五经论。"末尾云："为君作祠，安阳亭西，欲令后世，莫不称传。"历叙王涣政绩，确与《后汉书·循吏传》相合。但为什么题名《雁门太守行》，不叫《洛阳令行》，《乐府解题》说未详其故。实际《雁门太守行》

的原辞（当为歌颂雁门太守某某的诗）早已不传，后人写作洛阳令一篇歌颂地方长官，因主题类似，故即借用《雁门太守行》曲调。清代朱乾《乐府正义》说："按古辞咏雁门太守者不传，此以乐府旧题《雁门太守行》咏洛阳令也，与用《秦女休行》咏庞烈妇者同；若改用《庞烈妇行》，则是自为乐府新题，非复旧制矣。凡拟乐府有与古题全不对者，类用此例，但当以类相从，不须切泥其事。"（据黄节《汉魏乐府风笺》卷四转引）朱乾的意见很中肯，能从乐府体制上说明问题。

李贺的《雁门太守行·黑云压城城欲摧》是一首名篇，同古辞洛阳令一样，它也是借用旧题歌咏地方长官。陈沆《诗比兴笺》（卷四）说："乐府《雁门太守行》古词，美洛阳令王涣德政，不咏雁门太守也。长吉乃借古题以寓今事。故'易水''黄金台'语，其为咏幽蓟事无疑矣。宪宗元和四年，成德军节度使王承宗自立，吐突承璀为招讨使讨之，逾年无功。故诗刺诸将不力战，无报国死绥之志也。唐中叶以天下不能取河北，由诸将观望无成，故长吉愤之。"此诗是否即讽刺吐突承璀等讨伐叛镇不力，当然还难以肯定；但陈沆根据诗中"半卷红旗临易水""报君黄金台上意"句指出它是咏幽蓟一带河北地区的战事，还是比较合理的。姚文燮《昌谷集注》（卷一）

说："元和九年冬，振武军乱，诏以张煦为节度使，将夏州兵二千趣镇讨之。振武即雁门郡。贺当拟此以送之，言宜兼程而进，故诗皆言师旅晓征也。"姚说不顾诗中"易水"等地名，以为《雁门太守行》一定是写雁门地区的事，失之拘泥。

朱乾提到《秦女休行》咏庞烈妇事，与《雁门太守行》咏洛阳令王涣事相像。这里连类介绍一下。《秦女休行》属乐府杂曲歌辞，原辞为曹魏左延年作，写燕王妇秦女休为宗族报仇杀人、将受刑戮、忽得赦书的故事。此事史书失载。后来傅玄写的《秦女休行》则是写庞烈妇为父报仇，杀人后直造县门自首，卒获赦免。其事《后汉书·列女传》中的《庞淯母传》、《三国志·魏志》卷一八《庞淯传》均有记载。《乐府诗集》卷六一《秦女休行》题解说：

> 左延年辞，大略言女休为燕王妇，为宗报仇，杀人都市，虽被囚系，终以赦宥，得宽刑戮也。晋傅玄云："庞氏有烈妇。"亦言杀人报怨，以烈义称，与古辞（按指左延年辞）义同而事异。

"义同事异"，是指左延年、傅玄两篇《秦女休行》所咏事实虽不相同，但歌颂烈女为亲人报仇的主题思想则相同，正如咏雁门太守的《雁门太守行》古辞（已佚）与咏洛阳令王涣的《雁门太守行》的古辞，虽然所咏对象不同，但主题都是歌颂地方长官一样。汉魏之际，为亲人报仇杀人的风气相当流行，虽在妇女也是如此。曹植《鼙舞歌·精微篇》即提到两件事实，其一即秦女休事，另一为苏来卿事。诗云："关东有贤女，自字苏来卿。壮年报父仇，身没垂功名。女休逢赦书，白刃几在颈。俱上列仙籍，去死独就生。"苏来卿事史籍也不载。东汉前期汉章帝造《鼙舞歌》五篇，其一名《关东有贤女》，专述其事，曹植的《精微篇》就是拟《关东有贤女》的（见《乐府诗集》卷五三魏陈思王《鼙舞歌》题解）。汉章帝的歌辞惜已不传，但可以证明当时报仇杀人风气的流行。[①] 这种风气到后代还有，如李白的《鼙舞歌·东海有勇妇》篇，写东海勇妇"捐躯报夫仇，万死不顾生"的义烈行为，后得北海太守李邕上章朝廷，获得赦免。《乐府诗集》（卷五三）说："李白作此篇以代《关中有贤女》。"说明它是拟《关中有贤女》篇的，它同古辞也可以算是"义同事异"的一例了。

---

① 参考萧涤非先生《汉魏六朝乐府文学史》第三编第五章、第四编第二章。

三

上面第一节介绍部分乐府歌辞内容与曲名相吻合，但思想内容也有发展与变化；第二节介绍部分乐府歌辞与曲名不相吻合，但在思想内容上还保持一定程度的联系，或主题相同，或主题比较接近。乐府歌辞还有第三种情况，那就是部分乐府歌辞的思想内容，不但与曲名不相吻合，而且在思想意义上与曲名、本事、原辞等也没有什么联系。这里也举几个例子说明一下。

例如相和歌辞中的《秋胡行》，原辞虽不传，但《列女传》《西京杂记》都载有其本事，是写鲁人秋胡娶妻后出外宦游，数年后还家，路遇其妻采桑于郊，秋胡不识其妻，贪其美貌，遗金调戏，其妻愤而自尽。秋胡戏妻的故事，颇为著名，常为后代通俗文学所取材。现存晋傅玄的《秋胡行》二首，正是歌咏其事，与曲名、本事相吻合。但曹操的《秋胡行》二首（"晨上散关山""愿登泰华山"篇）都歌咏追求神仙，曹丕的《秋胡行》三首，"尧任舜禹"篇咏明君任用贤人，"朝与佳人期""泛泛渌池"二篇写思念佳人（可能比喻君主渴求贤人），不但都和秋胡故事了不相涉，而且在思想意义上也看不出有什么联系。朱乾《乐府正义》为之说曰：

　　《秋胡》古辞已亡，故前人于此题多假借之词。本其陷溺欲海，则为求仙之说，所谓真人，何有于路旁美妇，"晨上散关山"是也。……若"朝与佳人期"与"泛泛渌池"二首，一则海隅莫致，一则在庭可遗，皆非路旁乱掷；而折兰结桂，采实佩英，则又见投金之可鄙：皆反《秋胡》之意而为之说也。（《汉魏乐府风笺》卷一一引）

虽然竭力想说明曹操、曹丕之作思想内容上与《秋胡行》本事的联系，但立说不免牵强附会，缺乏强有力的证据。看来曹操、曹丕的《秋胡行》歌词，只是利用该曲的声调，在思想意义上与题名和本事不见得有什么联系。《乐府诗集》卷八七《黄昙子歌》题解说："凡歌辞，考之与事不合者，但因其声而作歌尔。"曹操、曹丕的《秋胡行》，大约就是属于因其声而作歌的一类。

　　相和歌辞中的《上留田行》，是因声作歌的明显例子。《乐府诗集》卷三八《上留田行》题解说：

　　崔豹《古今注》曰：上留田，地名也。人有父母死，不字其孤弟者，邻人为其弟作悲歌以风其兄，故曰上留田。《乐府广题》曰：盖汉世人也。云：里中有啼儿，似类亲父子。回车问啼儿，慷慨不可止。

这里叙述了《上留田行》题名的意义与本事，记载了民歌原辞。《乐府诗集》收录了曹丕、谢灵运的两首《上留田行》，值得注意。歌辞如下：

居世一何不同。（上留田）富人食稻与粱，（上留田）贫子食糟与糠。（上留田）贫贱亦何伤。（上留田）禄命悬在苍天。（上留田）今尔叹息将欲谁怨？（上留田）（曹丕《上留田行》，"上留田"前后的括弧为我所加，下首同。）

薄游出彼东道，（上留田）薄游出彼东道。（上留田）循听一何蠢蠢。（上留田）澄川一何皎皎。（上留田）悠哉遨矣征夫，（上留田）悠哉遨矣征夫。（上留田）两服上阪电游，（上留田）舫舟下游飙驱。（上留田）此别既久无适，（上留田）此别既久无适。（上留田）寸心系在万里，（上留田）尺素遵此千夕。（上留田）秋冬迭相去就，（上留田）秋冬迭相去就。（上留田）素雪纷纷鹤委，（上留田）清风飙飙入袖。

（上留田）岁云暮矣增忧，（上留田）岁云暮矣增忧。（上留
田）诚知运来讵抑，（上留田）熟视年往莫留。（上留田）（谢
灵运《上留田行》）

曹丕、谢灵运两诗，内容与《上留田行》题名、本事都已经大
不相同。如果说曹诗写贫富悬殊，思想内容与古辞写兄弟命运
不同还稍微有一点联系的话，那么谢诗写亲友离别、光阴消逝
的哀伤，内容就更谈不上有什么联系了。原来曹、谢两诗只是
利用"上留田"作为和声来写作新辞罢了，这也就是郭茂倩所
谓"但因其声而作歌尔"的意思。

这种因声作歌的情况，在六朝清商曲辞中较多。上面提到
的《丁督护歌》是一例，但后起歌辞与曲名仍相配合。此外，
还有与原来曲名、本事都不同的例子。如《阿子歌》。《乐府诗
集》（卷四五）载《欢闻变歌》《阿子歌》二曲的本事说：

《古今乐录》曰：《欢闻变歌》者，晋穆帝升平中，童子辈
忽歌于道曰："阿子闻！"曲终，辄云："阿子汝闻不？"无几而
穆帝崩。褚太后哭"阿子汝闻不"，声既凄苦，因以名之。

《宋书·乐志》曰：《阿子歌》者，亦因升平初歌云："阿

子汝闻不。"后人演其声为《阿子歌》《欢闻》二曲。

据此知"阿子闻"原为民间童谣中间的和声，"阿子汝闻不"则为童谣末尾的送声，后来被附会与东晋褚太后哭穆帝夭折的哀痛声调有关，因而制成《欢闻》《阿子歌》二曲。但现存《阿子歌》三首中的第二、第三首歌辞云：

> 春月故鸭啼，独雄颠倒落。
>
> 工知悦弦死，故来相寻博。

> 野田草欲尽，东流水又暴。
>
> 念我双飞鬼，饥渴常不饱。

讲的是鸭子的事，与《阿子歌》的曲名、本事完全不同。《乐府诗集》引《乐苑》说："嘉兴人养鸭儿，鸭儿既死，因有此歌。"原来这两首歌辞只是利用《阿子歌》的和送声[①]，而且把"阿

---

① 汉魏六朝乐府诗中的和声，置于诗中每句之后，如上引曹丕、谢灵运的《上留田行》，送声则置于篇末，演唱时歌者唱一句停歌，则诸人群唱和声；唱全篇毕，则群唱送声。宋代龙辅《女红余志》记载唱沈约《白纻歌》送声时的情景曰："合声奏之，梁尘俱动。"可见其热烈情景。详见王运熙《论六朝清商曲中之和送声》。

子"讹变为"鸭子"，所以产生这种奇怪的现象了。

本文开头说过，前期词多缘题之作，后来词作则因大都因调填词，离开原题，这种现象可说是沿袭了乐府诗的传统。但从数量上说，词中缘题之作较少，因调填词离开原题的作品则是大量的。从绝大多数的词作来说，词调仅是提供一种格式，其思想内容与调名、本事大抵没有什么关系。乐府诗则不一样，上述第三类作品与曲名、本事失去联系的毕竟占少数；多数作品属于上述第一、第二类，与曲名、本事或者主题思想方面等保持一定的联系。从一般情况说，用乐府旧题写诗，在思想内容上常常或多或少受到原题、古辞的制约，不容易自由地来反映崭新的题材。唐以来不少新乐府诗的产生，就是为了打破这种限制，更充分更有效地来反映当代的社会现实。

（原载《河南师大学报》1979 年第 6 期）

相和歌、清商三调、清商曲

　　乐府诗中的清商三调，指平调曲、清调曲、瑟调曲三类乐歌，宋代郭茂倩《乐府诗集》、郑樵《通志·乐略》，均把它们归入相和歌之中。按照他们的记载，相和歌是乐府诗的一个大类，平调曲等则是大类下面的小类。对这一隶属关系的认识，宋以后迄清代，各家均无异说。"五四"以后，梁启超氏首先提出不同看法，认为清商三调不属于相和歌，它们是与相和歌并列的乐府类别。梁氏认为，把清商三调中的不少曲调划归相和歌范围，这种"割地"的错误，"始自吴兢（指所著《乐府古题要解》），而郑樵、郭茂倩沿其误"。他又认为，郑樵所以致误，似是由于对《宋书·乐志》的记载没有看清楚。[①]梁氏之说发布后，黄节氏撰有《相和三调辨》短文加以驳诘，同时朱自清先生则倾向于赞同梁说。[②]在专著方面，则陆侃如、冯沅君先生的《中国诗史》采取梁说，萧涤非先生的《汉魏六朝乐府文学史》则采用黄说。尽管多数著作和乐府选本仍然承袭了《乐府诗集》的分类，但这个问题在学术界没有取得统一的认识。前几年，曹道衡同志发表了《相和歌与清商三调》一文，重新肯定梁氏的说法，并从南朝人的有关记载、使用的乐器、清商曲的演变等方面作了具体的论述。[③]稍后逯钦立先生的遗著《相和歌曲调考》发表，则仍主张三调属于相和歌辞。[④]道衡同志对汉魏六朝文学有深入的研究，他的这方面论文，发掘了不少新材料，提出了不少独到的见解，对此我是很钦佩的。但对这个问题则不敢苟同，故写作此篇进行商榷。希望通过讨论，对这个长期来有不同意见的问题，认识有所深化。本文第二部分，在前面讨论的基础上对清商曲的历史

---

① 梁说见其所著《中国之美文及其历史》一书中《古歌谣及乐府》篇的第三章。

② 黄、朱说见《乐府清商三调讨论》，原载 1933 年《清华周刊》三九卷八期，后收入《朱自清古典文学论文集》上册。萧涤非先生《汉魏六朝乐府文学史》二编三章亦附录黄氏原文。

③ 曹文载 1981 年 5 月出版的《文学评论丛刊》第九辑，后收入其所著《中古文学史论文集》。

④ 逯文载 1982 年 7 月出版的《文史》第十四辑。

作简略的介绍。

一　清商三调与相和歌的关系

我以为清商三调仍应属于相和歌，而不是与相和歌并行的乐府大类名。理由可以从下列几方面进行考察和说明。

一、从相和歌的性质和特点看

相和歌原是汉代民间的通俗歌曲，起自民间，其后被采入乐府，贵族文人并有仿制。它使用弦乐器琴瑟、管乐器笛笙等，声音比较清越动听，与贵族乐章经常使用庄重板滞的金石乐器不同。《宋书·乐志》（三）云："相和，汉旧歌也。丝竹更相和，执节者歌。"说明相和歌的名称即因使用丝（弦乐器）、竹（管乐器）相和伴奏而来。这一点，相和歌中的相和曲和清商三调等各小类歌曲是共同的。请看《乐府诗集》引用南朝陈代释智匠《古今乐录》的有关记载：

"凡相和，其器有笙、笛、节歌、琴、瑟、琵琶、筝七种。"（《乐府诗集》卷二六，此处所谓相和，包括相和六引、相和曲、

吟叹曲、四弦曲等小类）

平调曲，"其器有笙、笛、筑、瑟、琴、筝、琵琶七种"。（《乐府诗集》卷三〇）

清调曲，"其器有笙、笛（下声弄、高弄、游弄）、篪、节、琴、瑟、筝、琵琶八种"。（《乐府诗集》卷三三）

瑟调曲，"其器有笙、笛、节、琴、瑟、筝、琵琶七种"。（《乐府诗集》卷三六）

楚调曲，"其器有笙、笛弄、节、琴、筝、琵琶、瑟七种"。（《乐府诗集》卷四一）

又曹操《短歌行》云："鼓瑟吹笙。"曹丕《燕歌行》云："援瑟鸣弦发清商。"也只提丝竹。由上可见，不论是相和六引、相和曲或清商三调，其使用乐器除节一种属于革（皮革）制品外，其他都属管弦乐器。节这一种乐器由唱歌者手握，与旁人用丝竹伴奏者有别。清商三调中除平调曲外，清调曲、瑟调曲也均使用节。可见从"丝竹更相和"这一特点看，相和曲等与清商三调是没有什么区别的。

曹道衡同志认为清商三调与相和歌在使用乐器上有点不同，即清商三调兼用钟、磬两种金石乐器。他的根据有两条：

清乐，其始即清商三调是也，并汉来旧曲。乐器形制，并歌章古辞，与魏三祖所作者，皆被于史籍。……其歌曲有《阳伴》，舞曲有《明君》并契（指契声），其乐器有钟、磬、琴、瑟、击琴、琵琶、箜篌、筑、筝、节鼓、笙、笛、箫、篪、埙等十五种。（《隋书·音乐志》下）

又有因弦管金石造歌以被之，魏世三调歌词之类是也。（《宋书·乐志》一）

道衡同志因《隋书·音乐志》记载清乐乐器中有钟、磬，联系《宋书·乐志》说魏世三调歌词之类"因弦管金石造歌以被之"，推论清商三调使用乐器中有钟、磬。实际这一推论并不可靠。《隋书·音乐志》所谓清乐，范围比较大，把南朝比较通俗的乐曲都包括在内，不但包含相和曲、清商三调，还包含了杂舞曲和南朝的吴声歌曲、西曲歌等。这种清商内涵，可能始于北魏。《魏书·乐志》云："初高祖（孝文帝）讨淮、汉，世宗（宣武帝）定寿春，收其声伎，江左所传中原旧曲，《明君》《圣主》《公莫》《白鸠》之属，及江南吴歌、荆楚西声，总谓之清商。"其中《明君》《圣主》属鞞舞歌，《公莫》是巾舞歌，《白鸠》属拂舞歌。杂舞歌与雅舞歌不同，比较通俗生动，性质与汉魏相和歌、南朝吴声歌曲及西曲歌接近，六朝时代常由清商乐署管辖，故北魏把它们也列入清乐范围。隋唐时代的所谓清乐范围，大致即是承袭了这一传统。《隋书·音乐志》述清乐只提了两种乐曲名，其中《阳伴》（即《杨叛儿》）属西曲歌，《明君》属鞞舞歌。《旧唐书·音乐志》记载清乐较《隋书·音乐志》详细，列举了四十多个曲名，包含了上述几方面的曲调，这里不赘。清乐中的杂舞曲，的确使用了金石乐器。《宋书·乐志》（一）云："宋孝武大明中，以鞞拂杂舞，合之钟石，施于殿廷。"即是。可见《隋书·音乐志》所列清乐十五种乐器中有钟、磬，应指杂舞曲而言，不包括清商三调；清商三调曲的乐器，上引《古今乐录》记载很具体，除节一种外，都是丝竹乐器，没有金石。如果清商三调也使用金石乐器，按《古今乐录》的撰述体例，是应当有所记载的。在这个问题上，我们为什么不相信《古今乐录》明确的记载，反而要依据《隋书·音乐志》笼统的提法呢？至于《宋书·乐志》这一条，其实也并不能坐实清商三调使用金石乐器。《宋书·乐志》上文叙述了汉世街陌谣讴和晋宋《子夜》《读曲歌》等歌曲后云："凡此诸曲，始皆徒歌，其后被之弦管。"即是说这类歌曲先有歌词然后配乐。它接着指出，还有一类歌曲，则是先有音声，然后写作歌词以配乐。文中的"弦管金石"，只是泛举八音中较常用的四类乐器来代表音声；文中举魏世三调歌词的例，只是说它们是先有音声再造歌词的，并不是真的说清商三调配合金石。

所以，从相和歌的性质和特点看，我认为清商三调应当属于相和歌范围之内。

二、从《宋书·乐志》的记载看

《宋书·乐志》（三）所著录的都是通俗性的歌词。它先介绍不配合弦节的但歌，因其"自晋以来不复传"，故不著录歌词。其次著录相和曲歌词，再次著录清商三调歌词，最后则是楚调怨诗。这些乐歌的性质很接近，都属于丝竹更相和的相和歌范围，此点上文已有所说明。梁启超因《宋书·乐志》于相和曲后面另起一行，著录"清商三调歌诗"，遂认定这是清商三调不属于相和歌的一个重要根据。但看《宋书·乐志》叙录体例，另起一行叙录，与上文所叙对象，不一定是并列关系，也可以是隶属关系。如在清商三调歌诗后面，分别著录平调、清调、瑟调等歌诗，均另行书写平调等名称。更足注意的是，在瑟调后面，另行书写"大曲"二字。这大曲并不是与瑟调平行的曲调，而是隶属于瑟调的，所以郭茂倩说："大曲十五曲，沈约并列于瑟调。"（《乐府诗集》卷二六相和歌辞题解）所以，单凭"清商三调歌诗"另行书写这一点，是不能把清商三调与相和歌的关系问题落实下来的。

《宋书·乐志》在著录相和曲《陌上桑·弃故乡》歌词时，于《弃故乡》题下注云："亦在瑟调《东西门行》。"这说明相和曲与瑟调的歌词有互相通用者。这种情况还有其他例子。《乐府诗集》卷二八相和曲题解引《古今乐录》云："《陌上桑》，歌瑟调古辞《艳歌罗敷行》'日出东南隅'篇。"又云："《东门》，或云歌瑟调古辞《东门行》'入门怅欲悲'也。"《乐府诗集》卷二七引《古今乐录》云："《十五》，歌文帝辞，后解歌瑟调'西山一何高''彭祖称七百'篇，辞在瑟调。"又《宋书·乐志》著录大曲《野田黄雀行》，于曲名下注云："《箜篌引》亦用此曲。"《箜篌引》为"相和六引"之一，属相和歌。以上诸例说明相和曲、相和引歌词与瑟调歌词往往通用，还有像《十五》曲那样混合使用者。还有《宋书·乐志》所著录的歌词，除曹魏三祖及曹植的作品外，尚有不少无名氏古辞，有《董逃行》"上谒篇"、《艳歌何尝行》"白鹄"篇等共十一篇，其中当有一部分原是列入相和曲的汉代作品，后经改制归属清商三调。这种通用、借用的情况可以帮助说明相和曲与清商三调关系非常密切,应同属相和歌范围。

《宋书·乐志》著录相和曲凡十三曲,平调二曲,清调四曲,瑟调及大曲十三曲。每曲有的配诗一篇,有的则不止一篇。从诗篇数量看,清商三调要大大超过相和曲。这说明荀勖所改定的清商三调曲已经成为晋乐府所奏管弦乐曲的主要部分。(歌词大量采用魏三祖作品,说明这种情况大约在曹魏时已经奠定。)《宋书·律历志》(上)记载:西晋泰始十年,中书监荀勖等领导校正笛律后,"令郝生鼓筝,宋同吹笛,以为杂引、相和诸曲"。这里不提管弦乐曲中主要部分的清商三调,恐怕即因相和一名从广义上看可以包含清商三调在内。傅玄《琵琶赋》云:"启飞龙之秘引兮,逞奇妙于清商。"(《初学记》卷一六)这里在提了属相和引之《飞龙引》后不提相和而提清商,固然是由于赋体押韵脚的需要,同时也显示了当时清商三调的重要地位。《宋书·律历志》提相和,傅玄赋提清商,实际都是指相和歌。

三、从《乐府古题要解》的记载看

《乐府古题要解》是有关乐府诗的一部重要著作,《乐府诗集》引用其文颇多。书中把乐府诗分为近十类,首列相和歌,解说尤为详细。《要解》列相和歌凡二十七曲，自《江南》至《陌上桑》十曲为《宋书·乐志》之相和曲，自《短歌行》至《白头吟》十七曲为《宋书·乐志》的清商三调曲。其曲名大致与《宋志》相同而略有出入，看来是根据《宋志》参考他书写成。《要解》在分别解说相和各曲之后，又总叙云：

> 以上乐府相和歌。案相和而歌，并汉世街陌讴谣之词。丝竹更相和，执节者歌之。本一部，魏明帝分为二部，更递夜宿。本十七曲，后为十三曲。今所载之外，复有《气出唱》《精列》《东光引》等三篇。自《短歌行》以下，晋荀勖采择旧词施用，以代汉魏，故其数广焉。

这段文字基本上是根据《宋志》改写而成的。这里明确地把《短歌行》以下的十多曲，即荀勖采择旧词施用的清商三调归入相和歌。梁启超曾经推论："郑樵读《宋志》时，似将'清商三调荀勖撰'一行滑眼漏掉，漫然把《宋书》卷二一所录诸歌，全都归入相和。"但《要解》的作者吴兢，是唐代前期人，他已经明确把清商三调曲归入相和歌。他在解说中还提到"荀勖采择旧词施用"，当然不可能把《宋志》"清商三调荀勖撰"那一行滑眼漏掉，后来《通志·乐略》即袭用其文，可见梁氏对郑樵的指责是没有道理的。

那么，吴兢有没有可能误会《宋志》的记载，从而误把清商三调归入相和歌呢？我认为不可能。吴兢是唐代著名历史学家，学问赅博，著述丰富，所著今存者除《要解》外，尚有《贞观政要》。在乐府方面，他尚编纂《古乐府》十卷，"杂采汉魏以来古乐府词"（晁公武《郡斋读书志》），惜已亡佚。我们很难设想这样一位对乐府诗下过功夫的编者，对相和歌与清商三调关系这一重要问题会搞错。在唐代前期，六朝及隋代流传下来的有关乐府专书还有不少，据《隋书·经籍志》记载，经部乐类有《古今乐录》《乐书》《管弦记》《正声伎杂等曲簿》《歌曲名》等多种，集部总集类有《乐府歌辞钞》《歌录》《古歌录钞》《晋歌章》《吴声歌辞曲》等多种。吴兢任职朝廷，当有机会看到这类专书。他的《古乐府》和《要解》两书，除依据《宋书·乐志》外，必然还参考了其他一些乐府专书。这一点也可以帮助说明他把清商三调归入相和歌，当有较坚实的材料基础。

《四库全书总目提要》曾经怀疑吴兢《要解》原书已佚，今本乃元人捃拾《乐府诗集》引文而成。考唐王叡《炙毂子杂录·序乐府篇》引此书（见涵芬楼本《说郛》卷四三、陶珽本《说郛》卷二三），内容与今本相同（叙录相和歌的一段也同），《提要》之说不可信。因此，吴兢把清商三调归入相和歌这一点，也是毋庸置疑的。

四、从《乐府诗集》的记载看

《乐府诗集》的编者郭茂倩，事迹不大清楚，主要生活在北宋后期。陆心源《仪顾堂续跋》云："茂倩字德粲，东平人，通音律，善篆隶，元丰七年河南府法曹参军。"（胡玉缙《四库全书总目提要补正》卷五六引）神宗元丰七年为公元1084年，假定那年茂倩为二十五岁，那比生于徽宗崇宁二年（1103）的郑樵要大四十岁左右。郑樵撰《通志》时，估计郭氏的《乐府诗集》当已经编成了。

《乐府诗集》是搜集乐府诗材料最为详备、考核精审的一部总集。上文已经引用了该书的一些记载，这里拟分析一下《乐府诗集》关于相和歌辞的分类，主要依据哪些史料。在这方面，《乐府诗集》主要引用了《古今乐录》一书。《古今乐录》十二卷，南朝陈释智匠撰，记载自汉迄陈的各类乐曲，对清乐系统的相和歌、清商曲叙录甚详，《乐府诗集》采录其文甚多。

关于相和歌的体制、类别、曲名、流传情况等，《乐录》大都征引晋荀勖《荀氏录》、刘宋张永《元嘉正声技录》、萧齐王僧虔《大明三年宴乐技录》，这三部著作唐代已失传。按《宋书·乐志》著录相和曲、清商三调，本之荀勖著述[①]，《乐录》除采《荀氏录》外，更多地引用张永、王僧虔两书所载刘宋前中期关于相和歌的记录，较荀勖所记西晋初年情况又有变化和发展。智匠在《乐录》中所保存的这部分材料，与《宋书·乐志》所保存的荀勖传下来的记载，都是研究相和歌的头等资料，应给予充分的注意。

《乐府诗集》把相和歌辞分为十小类：相和六引、相和曲、吟叹曲、四弦曲、平调曲、清调曲、瑟调曲、楚调曲、侧调曲、大曲。其中侧调曲一种没有曲辞，故实际仅为九类。其各类题解，据《古今乐录》转引各书情况来看，实以张永、王僧虔两种《技录》为主。九类中，有八类引用张永《技录》，五类引用王僧虔《技录》，三类引用《荀氏录》，两类引用《宋书·乐志》。《乐府诗集》卷二六相和歌辞题解有云：

---

① 荀勖所编除《荀氏录》外，尚有《晋讌乐歌辞》十卷，见《隋书·经籍志》，《太乐杂歌词》三卷，见《旧唐书·经籍志》，今均不传。

大曲十五曲，沈约（指《宋书·乐志》）并列于瑟调。今依张永《元嘉正声技录》分于诸调，又别叙大曲于其后。……其曲调先后，亦准《技录》为次云。

今检《乐府诗集》所录瑟调中的大曲，次序确与《宋书·乐志》不同。不仅瑟调曲，清调曲的次序，与《宋志》亦有所不同。《乐府诗集》卷三〇四弦曲题解引《古今乐录》云：

张永《元嘉技录》有四弦一曲，《蜀国四弦》是也。居相和之末，三调之首。

今检《乐府诗集》，四弦曲位置确在相和六引、相和曲、吟叹曲等诸类相和歌之后，平调曲等清商三调之前。据此，我认为《乐府诗集》所录相和歌各乐曲及其次序，相和歌各小类的次序，大致上都是根据张永《技录》而著录的（王僧虔《技录》关于这些情况的记载大抵接近张永《技录》）。张永、王僧虔两种《技录》，原书宋时虽已不存，但《古今乐录》引述相当详细，我们有理由相信，《乐府诗集》著录相和歌辞，其框架结构来自张永《技录》，而不是《宋书·乐志》。《宋书·乐志》和《荀氏录》所载系西晋宴乐所奏曲，类别又较少，不能全面反映南朝前期演唱相和歌的实际情况。我们还可以进一步认为，《乐府诗集》把清商三调曲归入相和歌，是根据《古今乐录》转引张永、王僧虔《技录》的记载，反映了魏晋以迄南朝人们对于相和歌分类的看法。清商三调和相和歌二者之间，是隶属关系还是并列关系，我想张永、王僧虔、智匠他们是不会搞错的。

五、从《通志·乐略》的记载看

郑樵《通志·乐略》（一）著录了不少相和歌辞的篇目，计有相和歌三十曲、相和歌吟叹曲四曲、相和歌四弦一曲、相和歌平调七曲、相和歌清调六曲、相和歌瑟调三十八曲、相和歌楚调十曲、大曲十五曲，共计八类，类别大致与《乐府诗集》相同，只是少了相和六引、侧调曲两类，其所根据的则是《宋书·乐志》、张永《技录》、王僧虔《技录》、吴兢《要解》诸书。其中相和歌三十曲，大抵采用吴兢《要解》，后面的说明，也基本上沿袭《要解》之文，稍有增饰，并保存了《要解》"自《短歌行》以下，晋荀勖采择旧词施用，以代汉魏"等数语，可见不存在梁启超所指责的错读《宋书·乐志》的问题。

《通志·乐略》于吟叹曲、平调各类上，均冠以"相和歌"三字，梁启超指责这是郑樵的编造。按《乐府诗集》相和歌辞题解云：

> 《唐书·乐志》曰："平调、清调、瑟调，皆周房中曲之遗声，汉世谓之三调。"又有楚调、侧调……与前三调总谓之相和调。……后魏孝文、宣武，用师淮汉，收其所获南音，谓之清商乐，相和诸曲，亦皆在焉。所谓清商正声，相和五调伎也。

一则曰"相和调"，再则曰"相和五调伎"，均把清商三调归入相和歌之内。郭茂倩言之如此凿凿，且与上引郑樵"相和歌平调"等提法相合。他用了"谓之""所谓"等字样，说明"相和五调伎"等是当时的一种习惯称呼，并非出自他的杜撰。逯钦立先生认为《通志·乐略》"相和歌平调"等名系沿自王僧虔《技录》，看来是很可能的。郑樵的年代如上所述，略晚于郭茂倩，他是否看到《乐府诗集》，难以断定。郭、郑两人都把清商三调归入相和歌，当是由于两人都是根据张永、王僧虔、吴兢诸人的记载。《隋书·经籍志》集部总集类有《三调相和歌辞》五卷，审其书名，三调当为相和的一部分。三调时代晚于相和旧歌，如为两类，当题为《相和三调歌辞》。

综上所述，我认为清商三调与相和曲同是以丝竹伴奏、比较轻松通俗的乐曲，三调是汉代相和旧歌孳生出来的新的曲调，但仍属于相和歌范围。吴兢、郭茂倩、郑樵等把清商三调归入相和歌，主要是根据南朝张永、王僧虔、智匠诸家著作的记载；这些记载产生时代较早，而且提法一致，应当是可信的。《宋书·乐志》并没有把清商三调与相和歌视为并列的两个类别，郑樵诸人也并没有误会《宋书·乐志》。

二　清商曲的产生与发展

曹魏西晋时代，清商曲指清商三调；到六朝时代，清商曲又兼指吴声歌曲、西曲歌等南方新兴乐曲。《乐府诗集》把清商三调归入相和歌辞，清商曲辞则专收吴声歌曲、西曲歌等南方新声。这里容易使人产生疑问：为什么名为"清商三调"的曲调反而不归入清商曲辞呢？是不是郭茂倩他们把相和、清商二者混淆了？曹道衡同志的文章，在后面部分论述了清商曲有一个发展过程，清商曲的范围在六朝有所扩大，并且纠正了孙楷第先生《清商曲小史》（载《文学研究》1957年第一期）一文的某些不正确见解，这是很中肯的。我过去写过《清乐考略》一文对清商乐的历史发展作了考辨与介绍。这里拟再作一些扼要的论述，以期有助于理解清商曲和相和歌的关系。

清商作为一种音乐名称，在先秦时代早已出现，其声调的特点是清越哀伤。相传师涓曾为晋平公奏过悲哀的清商新声（见《韩非子·十过》）；宁戚干谒齐桓公时，"击牛角而疾商歌"（《淮南子·道应》），这悲哀的商歌曲蔡邕《释诲》称为"清商之歌"。到东汉中后期，清商曲在社会上已经广泛流行，故文人作品中常有提及，如：张衡《西京赋》："嚼清商而却转，增婵娟以此豸。"（薛综注："清商，郑音。"）仲长统《乐志诗序》："弹南风之雅操，发清商之妙曲。"《古诗》："清商随风发，中曲正徘徊。"（《十九首》之一）《古诗》："欲展清商曲，念子不能归。"（旧题苏武诗。《十九首》和旧题苏李诗现代学者一般认为产生于东汉。）《古歌》："主人前进酒，弹瑟为清商。"被薛综目为郑卫之音的清商俗曲，因其声调哀婉动人，赢得社会各界的广泛喜爱。但此时期的清商曲，大约重声不重辞（《通志·乐略》所谓"但尚其音"），故蔡邕云："清

商曲，其词不足采著，其曲名有《出郭西门》《陆地行车》《夹钟》《朱堂寝》《奉法》等五曲。"（吴兢《乐府古题要解》引）

到曹操、曹丕时代，清商三调得到进一步重视，大规模进入朝廷宴乐。曹魏三祖亲自制作了不少篇章以配合清商三调，同时还利用了一部分相和旧歌配合清商曲。从此清商曲声辞俱重，而且大约因为音调更美妙动听，其中的大曲因容量增大，内容更为丰富，因而在宫廷娱乐性音乐中占据主要地位。曹操等除制清商三调歌词外，也不废汉代相和旧歌，还制作了一部分相和曲的歌词。这些歌词，大致上被两晋和南朝宋、齐宫廷所沿用。所以南齐王僧虔有"今之清商，实由铜雀，魏氏三祖，风流可怀"之语。

清商三调在曹魏以后并没有新的发展。西晋初年，荀勖虽然调整了乐律，但没有制作新词。文人像陆机和以后谢灵运等虽然写了不少清商三调歌词，但都是案头之作，并不合乐。这种现象说明清商三调等相和歌在两晋南朝是停滞不前了。这样，在东晋和南朝，清商三调等的地位，遂逐渐被吴声歌曲、西曲歌等新兴的清商曲所代替。

《乐府诗集》把六朝的清商曲辞分为六类：吴声歌曲、神弦歌、西曲歌、江南弄、上云乐、雅歌。其中以吴声歌曲、西曲歌两类作品最多，也最重要。吴声、西曲等成为清商新声，从音乐文学史的发展看，有其合理性和必然性。吴声、西曲原为出自民间的歌谣，性质生动活泼，统治阶级为了满足娱乐的需要，当他们对陈旧的清商三调等感到不满足，自然要采撷南方的新声来加以替代。六朝偏安江南，建都建康（今江苏南京市），自然更容易吸收这一带的歌谣。六朝贵族文人一方面采取民歌入乐，一方面模仿民歌自制歌曲，情况也与汉魏相和歌相似。吴声、西曲等曲调使用的也是管弦乐器，据《乐府诗集》等记载，可考知情况如下：

吴声歌曲，"旧器有篪、箜篌、琵琶，今有笙、筝"（《乐府诗集》卷四四引《古今乐录》）。

神弦歌，乐器名目，《乐府诗集》不载。按神弦歌与吴声均产生于吴地，其乐器大致当同于吴声。《乐府诗集》（卷四七）即把《神弦歌》置诸吴声歌曲末尾。神弦一名即取弦歌以娱神之意。

江南弄，《乐府诗集》不载乐器名目。按梁武帝、沈约所作各曲中，有《龙笛曲》《凤笙曲》《赵瑟曲》《秦筝曲》等，可知其使用管弦乐器。

其他西曲歌、上云乐、雅歌三类，虽无明确记载，情况当大致相近。因此，吴声、西曲等与相和歌一样，也是丝竹更相和的通俗性乐曲。

更有值得注意的一点，即清商曲常由妇女来歌唱。上引张衡《西京赋》"嚼清商"云云，其演唱者为妇女。曹魏清商三调兴盛，遂设有清商专署管理此种女乐。《魏志·齐王芳纪》裴注引《魏书》："（齐王芳）每见九亲妇女有美色，或留以付清商。"下文还提到清商令令狐景、清商丞庞熙。《资治通鉴》卷一三四《宋纪》升明二年胡注："魏太祖起铜爵台于邺，自作乐府，被于管弦。后遂置清商令以掌之，属光禄勋。"曹操在《遗令》中曰："吾婢妾与伎人皆勤苦，使着铜雀台，善待之。……月旦十五日，自朝至午，辄向帐中作伎乐。"这里伎人与婢妾连称，当指女伎。这种制度为后代所沿袭。晋代光禄勋属官仍有清商署。宋齐两代一度并清商于太乐署。但宋代女官中仍设有清商帅一职，见《宋书·后妃传》（此点曹道衡同志文中曾经指出）。到梁陈时代，太乐令下又设清商署丞。[①]六朝吴声、西曲以至江南弄等清商曲辞，绝大部分用女子的口吻来抒发和描写，这样由女伎歌唱时，更觉身份贴切，富有真

---

① 参考王运熙《汉魏两晋南北朝乐府官署沿革考略》一文。

实感。清商曲由具有美色的女伎歌唱，内容又多述男女之情（六朝清商曲更是如此），因此它能够较充分地满足当时贵族阶层声色享受的需要。据史籍记载，六朝不少贵族阶层人士，家中都拥有歌唱清商曲的女伎，他们对吴声、西曲的爱好，几乎到了疯狂的程度。如《石城乐》的作者臧质，富贵后常设伎乐。后来举兵失败，危难之际，对伎乐仍恋恋不舍，"至寻阳，焚烧府舍，载伎妾西奔"（《宋书·臧质传》）。皇帝还用清商女乐赏赐臣下。梁武帝某次曾"算择后宫吴声、西曲女妓各一部，并华少"，送给大臣徐勉（见《南史·徐勉传》）。吴声、西曲等继承了过去清商三调的传统，都是以丝竹伴奏的娱乐性乐曲，又都是女乐，由清商乐署掌管，理应称为清商乐。孙楷第先生《清商曲小史》认为清商曲仅指清商三调，吴声、西曲等不能称为清商曲，这是讲不通的。曹道衡同志从清商乐的发展、清商署管辖范围的扩大来说明吴声、西曲应属清商曲，我同意这种看法。

吴声、西曲等清商新声的兴起和发展，也有一个历史过程。五言四句体的南方吴歌，产生时代当很早。孙皓投降晋朝后，晋武帝因听到南方《尔汝歌》之名，曾要孙皓唱给他听。但西晋到东晋初年，以吴歌制成乐曲者还很少。仅有石崇的爱妾绿珠，作了一首《懊侬歌》"丝布涩难缝"篇。到东晋初年，则有吴兴人车骑将军沈充，以土著身份制作了《前溪》舞曲。东晋后期，吴声歌曲大有发展。著名的《子夜歌》由民间歌谣演为乐曲。贵族文人所作，有孙绰的《碧玉歌》、王献之的《桃叶歌》、王珉的《白团扇歌》、王廞的《长史变歌》等。《世说新语·言语》载："桓玄问羊孚：何以共重吴声？羊曰：以其妖而浮。"说明东晋后期，吴声歌曲已经在社会上广泛流行，受到人们的普遍喜爱。吴声歌曲的制作和流行，在此时已进入高潮。《晋书·乐志》（下）云："吴歌杂曲，并出江南，东晋以来，稍有增广。"接着介绍了《子夜》《凤将雏》《前溪》《阿子歌》《欢闻》《团扇》《懊侬》《长史变》等歌曲，并小结道："凡此诸曲，始皆徒歌，既而被之管弦。"（《晋书·乐志》上引文字，大致本于早于它的《宋书·乐志》。）说明这些吴声歌曲在东晋时都已配合丝竹，进入乐府。

南朝宋齐是清商新声的第二个高潮阶段。这时期除继续产生《丁督护歌》《华山畿》《读曲歌》等吴声歌外，兴起于长江中游地区的西曲歌大为发展，有臧质的《石城乐》、刘义庆的《乌夜啼》、刘铄的《寿阳乐》、刘诞的《襄阳乐》、沈攸之的《西乌夜飞》、齐武帝的《估客乐》、无名氏的《杨叛儿》等等。

据《宋书·乐志》，《襄阳》《寿阳》《西乌夜飞》诸歌曲，"并列于乐官"。

　　由于吴声、西曲的大量制作和广泛流行，汉魏相和旧歌逐渐衰落。这种现象在刘宋时期已经表现得非常明显。爱好古乐的王僧虔于宋末顺帝升明二年上表朝廷说："今之清商，实由铜雀。魏氏三祖，风流可怀。京洛相高，江左弥重。……而情变听改，稍复零落，十数年间，亡者将半。自顷家竞新哇，人尚谣俗，务在嘄危，不顾律纪，流宕无涯，未知所极，排斥典正，崇长烦淫。"（《宋书·乐志》一）王僧虔指出当时汉魏相和旧曲已是"亡者将半"。他指斥的烦淫的新哇，即指吴声、西曲。这一评价也与《宋书·乐志》批评《襄阳乐》等"歌词多淫哇不典正"语相合。王僧虔在表中请朝廷命令乐官"缉理旧声"，"凡所遗漏，悉使补拾"。这一建议得到当时掌权者萧道成（后为齐高帝）的支持，"使侍中萧惠基调正清商音律"（《南史·王僧虔传》）。这种努力并未奏效。据《古今乐录》记载，王僧虔《大明三年宴乐技录》所载的瑟调三十曲，到智匠编《古今乐录》的陈代，又有半数光景不歌（歌谱虽存而无人歌唱）、不传（歌谱不传）了。这说明相和旧歌虽然得到朝廷的支持，仍然不能与清商新声竞争。人们喜新厌旧的艺术爱好是难以用行政措施来改变的。萧惠基酷嗜相和旧歌，史称他"尤好魏三祖曲及相和歌，每奏辄赏悦，不能已也"（《南齐书·萧惠基传》）。这条材料，曹道衡同志认为"魏三祖曲"即指清商三调，也可证明清商三调与相和歌是两类，故两名中用"及"字连接。我认为三祖曲可能兼指曹操他们所作的清商三调和相和曲歌词。《宋书·乐志》著录的相和十三曲中，即有曹操、曹丕的歌词九首，比重相当大。下文相和歌则指相和歌古辞。纵使退一步，把魏三祖曲理解为三祖制作的清商三调曲，也仍然可以把清商三调理解为从汉代相和歌孳生出来，但仍然属于相和歌范围。此点上文已有较详细的论证。

梁陈两朝是清商新声的转变时代。梁武帝作有《江南弄》《上云乐》等，陈后主作了若干吴声歌曲，今存有《玉树后庭花》。后来隋炀帝又追踪陈后主，写吴声《春江花月夜》《泛龙舟》等。他们的作品数量均不多，但语言轻艳，句式也多杂言和七言，与原来南方民歌的风貌距离较远，标志着六朝清商曲的进一步文人化。到了唐代，新音乐燕乐兴起，清商新声遂和汉魏相和旧歌一齐趋于衰亡。

汉魏时代用于宴乐的通俗性乐曲，主要是相和歌（包括清商三调）和杂舞曲两个部分，到六朝时又加入了吴声、西曲等清商新声。这三部分乐曲，相和歌和清商新声两部分，不但数量多，而且渊源于民间歌谣，风格轻松活泼，都用管弦乐器伴奏，声音清越动听，更赢得广大人士的爱好，成为两个历史时期人们欣赏通俗音乐的主要对象。这三部分乐曲，曹魏以来大致由掌俗乐的清商署管辖，所以从北魏到隋唐，把它们统称清乐。清商三调和吴声、西曲等虽然都可称为清商曲，但二者产生时代前后不同，风格也有区别。《乐府诗集》把清乐歌辞分为相和歌辞、清商曲辞、杂舞曲辞三大类，是相当合理的。这种分类，其依据是魏晋以迄南朝人的有关记载和著录，符合汉魏六朝乐府诗的实际情况，所以也与吴兢、郑樵的分类基本吻合。

（1988年作，原载《文史》第三十四辑，中华书局1992年4月出版）

六朝清商曲辞的产生地域、时代与历史地位

　　中国中古汉魏两晋南北朝时期，是乐府诗歌十分繁荣昌盛的时期，其中尤以属于清乐系统的通俗乐曲最受人们喜爱，流行最广，在音乐史、文学史上影响深远，地位重要。那些通俗乐曲源出民间，后被贵族文人采撷、改制、仿作，谱成许多乐曲。它们用丝竹乐器伴奏，声音活泼生动，悦耳动听，不似金石乐器那样声调庄严却又板重，因而得到社会各阶层人们的爱好，广泛流行。属于清乐系统的通俗乐曲，从其历史发展来看，又可分为两个阶段。前一阶段为汉、魏、西晋时期，其乐曲为相和歌辞，乐曲与歌辞大抵产生于黄河流域，而以长安、洛阳一带地区为多。后一阶段为东晋、南朝的宋、齐、梁、陈时期，

其乐曲为清商曲辞，它们大抵产生于长江流域，而以建业（今南京市）、江陵一带为中心地区。西晋末年永嘉之乱，北方少数民族纷争，战祸频仍，社会动荡，大量士族南迁，并定居于长江流域，全国的政治、经济、文化重心因而南迁，造成了长江流域经济、文化的空前发展。清商曲辞在六朝时代的南方发展与昌盛，首先渊源于南方民间孕育了许多新歌曲，也有赖于有较高文化修养的不少贵族文人的加工、改制和仿作。

宋代郭茂倩汇辑两汉至唐五代的乐府诗，编为《乐府诗集》一百卷，是后人研究乐府诗的渊薮。其中清商曲辞共有八卷，数量相当多。它们大致可分为四类：吴声歌曲（简称吴声）、西曲歌（简称西曲）、江南弄、上云乐。其中尤以吴声、西曲二类数量最多，文学成就也更突出，成为清商曲辞的主体。

一 地域、语言、物产、体式

清商曲辞中的吴声歌曲，大抵产生于六朝京城建业一带。《乐府诗集》卷四四曰："自永嘉渡江之后，下及梁、陈，咸都建业，吴声歌曲，起于此也。"这一论断是准确的。这里举若干例子说明。如《华山畿》曲，据《古今乐录》记载，原是歌咏南徐州某士子从华山畿往云阳，见客舍一少女，悦之无因，感心疾而死的传奇性的故事。华山在句容县（当时属扬州），云阳即曲阿县（当时属南徐州），均在建业附近。再如《碧玉歌》，为东晋文人孙绰为汝南王司马义所作；《桃叶歌》，为东晋书法家王献之（王羲之子）为其爱妾桃叶所作；《长史变歌》，为东晋司徒左长史王廞起义临败时所制；这些作者均在建业一带活动，且为朝廷官僚。再从歌辞中涉及的地名看，亦复如此。如《上声歌》云："三鼓染乌头，闻鼓白门里。"白门系建业城的西门。《欢闻歌》云："驶风何曜曜，帆上牛渚矶。"牛渚矶在今安徽当涂县西北，靠近建业。《丁督护歌》云："相送落星墟。"又云："相送直渎浦。"落星墟、直渎浦，均在建业。又相传王献之送其妾于秦淮河渡口，后人因名其地为桃叶渡。又如《神弦歌·青溪小姑曲》，祭祀民间杂鬼神，青溪为建业著名河流之一。由此可见，说吴声歌曲的许多曲调大致产生在当时京城建业一带是不错的。诚然，也有的曲调产地与建业较远，如《前溪歌》，原产生于吴兴武康（今浙江湖州市），以当地河流前溪为名，但这是少数甚至个别现象。

西曲歌产生于长江中游地区和汉水两岸，在京城建业之西，故称为西曲歌。《乐府诗集》卷四七曰："西曲歌出于荆（今湖北江陵）、郢（今湖北钟祥）、樊（今湖北襄樊市）、邓（今河南邓州市）之间，而其声节送和，与吴歌亦异，故因其方俗而谓之西曲云。"今考各曲调，其中《江陵乐》《那呵滩》《西乌夜飞》产于江陵，《石城乐》《莫愁乐》产于竟陵（钟祥），《襄阳乐》《襄阳蹋铜蹄》产于襄阳，《估客乐》产于樊、邓一带，从其主体而言，《乐府诗集》的论断也是准确的。但尚有少数曲调产生于其他地方。如《乌夜啼》产于豫章（今江西南昌），《寻阳乐》产于寻阳（今江西九江），《寿阳乐》产于寿阳（今安徽寿县），《三洲歌》产于巴陵（今湖南岳阳），《女儿子》产于巴东（今四川奉节）等，但毕竟占少数。概括说来，西曲产地较为广阔：北起樊、邓，东北至寿阳，东抵豫章、寻阳，南至巴陵，西达巴东，而以江陵为中心地带。[①]

六朝时代，江陵是仅次于京城建业的大城市。《宋书·孔季恭传论》说："江南之为国盛矣，虽南包象浦，西括邛山，至于外奉贡赋，内充府实，止于荆、扬二州。……荆城（即江陵）跨南楚之富，扬部有全吴之沃。"可见西部的荆州和东部的扬

① 参考王运熙《吴声西曲的产生地域》。

州是当时南方最富庶的地区。扬州的首府是建业，故当时常呼建业为扬州或扬都。如《梁书·曹景宗传》载：景宗被朝廷召为侍中领军将军，"性躁动，不能沉默。……谓所亲曰：我昔在乡里，骑快马如龙。……今来扬州作贵人，动转不得"。"扬州"即指建业。吴声西曲歌辞中常常提到"扬州"。如《懊侬歌》云："江陵去扬州，三千三百里。"《那呵滩》云："闻欢下扬州，相送江津弯。""扬州"均指建业。《那呵滩》歌辞共六首，《古今乐录》说它们"多叙江陵及扬州事"。江陵、扬州两地均处长江沿岸，当时不少商估常常来往于两地间，迁运贩卖货物，上引《懊侬歌》《那呵滩》歌辞即表现了商旅们的生活与思想情感。现今的扬州，在南朝时代初叫广陵郡，后叫江都郡，属南兖州，不称扬州，城市地位远不如建业、江陵重要。隋代始改称扬州，隋唐时运河为南北交通要道，江都为转运枢纽之地，因而成为全国重要的富庶城市。

除吴声、西曲外，六朝清商曲辞尚有江南弄、上云乐两部分，均为梁武帝所创制，作品数量不多，均为武帝及其臣僚所作。其产生地点也应在建业。据《古今乐录》载："梁天监十一年冬，武帝改西曲，制《江南》《上云乐》十四曲。"可证。

吴地方言颇具特色，吴声歌辞中往往运用吴方言，如自称为"侬"，因歌辞多用女子口吻叙述，故"侬"常为女子自称之词，而呼对方（情人）为"欢"或"欢子"。如《子夜歌》云："欢愁侬亦惨，郎笑我便喜。"又云："侬作北辰星，千年无转移。欢行白日心，朝东暮还西。"均是。又如《懊侬歌》中的"懊侬"，一作"懊恼"，又作"懊恼"，懊侬亦为吴地方言。清胡文英《吴下方言考》说："懊恼，音凹猱，《素问》：'甚则愍闷懊恼。'案懊恼，心中拂郁也。吴中谓所遇者拂意而奇曰懊恼。"此外，如《懊侬歌》的"撺如陌上鼓""内心百际起""布帆阿那起""落托行人断"，《读曲歌》的"娑拖何处归，道逢播搯郎"等均是，难以尽举。吴声产生时代早于西曲，在诸方面对西曲发生影响，西曲歌辞中也常用"侬""欢"等吴地方言，上引《那呵滩》"闻欢下扬州"句即是一证。

六朝清商曲辞中还多出现江南地区不少物品名称。如莲花、莲子为江南常见的水产品，江南弄中即有《采莲曲》多首。又如种桑、养蚕、缫丝为江南民间流行的劳动，西曲中即有《采桑度》七首、《作蚕丝》四首，专咏其事。其他曲调中提到莲子、蚕丝词语者更是常事。吴声、西曲歌辞中大量运用谐音双关词语，即利用谐音作手段，使一个词语可同时关顾到两种不同意义。此种词语颇多，最常见的便是以"莲"双关莲花、莲心和怜爱，以"丝"双关蚕丝和相思。如《子夜歌》云："雾露隐芙蓉，见莲不分明。"以"见莲"双关"被爱"。又如《七日夜女歌》云："桑蚕不作茧，昼夜常悬丝。"以"悬丝"双关"悬念（思）"。在中国中古时期的诗歌中，以吴声、西曲歌辞中运用谐音双关词语最多，吴声尤盛，这大约也是江南地区语言的一个特色。

　　再谈谈体式。现存吴声歌辞约三百三十首（指六朝作品，唐代拟作不计在内），其体式大抵为每首五言四句，例外的仅约六十首。现存西曲歌辞约一百四十首，其中约一百首是五言四句，例外的约四十首。五言四句这一体式，在吴声、西曲中均占绝对优势，可以说是吴声、西曲歌辞的基本形式。这一体式很早在江南歌谣中就已存在。据《世说新语·排调》记载，西晋统一中国，晋武帝向孙吴降主孙皓问起南方流行的《尔汝歌》，孙皓随即作了一首，即为五言四句。这一体式在以后的吴声、西曲中大为发展。吴声、西曲中尚有杂言体、四言体、七言体等体式，但数量均属少数。在汉魏六朝诗坛上，五言诗一直占据主要地位，这也是五言诗在吴声、西曲中占绝对优势的一个重要客观条件。

　　《江南弄》《上云乐》两部分歌辞，均采用杂言体，体式与吴声、西曲大不相同。《江南弄》有梁武帝、梁简文帝、沈约等人的作品共十余首。《江南弄》每首七句，句式为七、七、七、三、三、三、三言，第四句与第三句末三字相同，上下递接复叠，全篇音节婉媚动听，歌辞颇有韵味。如梁武帝《江南弄》第一首云："众花杂色满上林，舒芳耀绿垂轻阴。连手躞蹀舞春心。舞春心，临岁腴，中人望，独踟蹰。"《上云乐》有梁武帝作品七首，亦为杂言体，有三、四、五言等，但不是固定格式的杂言体，声调不及《江南弄》动听。据《古今乐录》载，梁武帝于天监十一年据西曲（主要是《三洲歌》）改制而成。这一年，梁武帝听取擅长音乐的释法云的建议，把《三洲歌》和声改为参差复杂的杂言："三洲断江口，水从窈窕河傍流。欢将乐共来，长相思。"为五、七、五、三句式，婉转动听；《江南弄》歌辞的句式、风味与之相近。《江南弄》创造了声调婉媚曲折并有固定句式的杂言体，在乐府诗中是值得重视的。

二　时代、作者、风尚

吴声的产生时代较西曲为早。它的早期作品产生于东晋初期，有《前溪歌》。东晋中后期是它的繁荣时期，有《阿子歌》《欢闻歌》《子夜歌》《碧玉歌》《桃叶歌》《团扇郎歌》《长史变歌》《懊侬歌》等。刘宋时代又有《丁督护歌》《华山畿》《读曲歌》等。大致说来，吴声各曲调主要产生于东晋、刘宋两朝。

西曲的产生年代稍晚于吴声。它主要产生于南朝刘宋、萧齐两代。产生于刘宋的有《石城乐》《乌夜啼》《寿阳乐》《襄阳乐》《西乌夜飞》等，产生于萧齐的有《估客乐》《杨叛儿》等。西曲的个别曲调如《襄阳蹋铜蹄》产生于梁代。可以说，西曲是在吴声影响下、基本上沿袭其体式、在声调上又有变化的新乐曲。①

《江南弄》《上云乐》两部分，如上所述，是梁武帝及其臣僚利用西曲声调创制的新乐曲。其歌辞均较文雅，不似吴声、西曲歌辞那样质朴而富有民歌风味。梁元帝《金楼子·篆戒》篇曾有"吴声鄙曲"之语，这反映梁代统治阶层不满吴声、西曲的粗鄙，有意创制文雅的新乐曲的心理。

从吴声到西曲，再到《江南弄》《上云乐》，说明了清商曲

---

① 参考王运熙《六朝乐府与民歌·吴声西曲的产生时代》。

辞在六朝时代兴起、发展变化和雅化的历程。

吴声、西曲的作者，从其祖籍来看，大致有南方土著与北方南迁户两部分。先说南方土著。吴声《前溪歌》的制作者沈充为吴兴武康人。沈氏为吴地著名大族。沈充在东晋初年制作了吴声中最早的曲调《前溪歌》，说明南方土著对家乡歌曲的爱好。又《西乌夜飞》的作者沈攸之，也是吴兴沈氏家族中的一员。吴声中的《子夜歌》《华山畿》《懊侬歌》等，原为民间歌曲，其创始作者自当为南人。又刘宋开国君主刘裕，祖籍彭城（今江苏徐州市），东晋初其祖先即移居江南之丹徒，其家又素贫贱，估计其生活习惯与江南土著已无明显区别。据《宋书·乐志》记载，刘裕长女会稽公主丈夫徐逵之战死，刘裕使府内直督护丁旿收敛殡埋之。事毕，会稽公主"呼旿至阁下，自问敛送之事。每问，辄叹息曰：'丁督护！'其声哀切"。后人即因其哀叹声演制为《丁督护歌》。按《丁督护歌》为吴声曲调之一，则会稽公主的哀叹声，当使用吴地语音无疑。吴声、西曲中有不少刘裕家族的作品，如《前溪歌》中有宋少帝作品，《丁督护歌》中有宋孝武帝作品。再如西曲中《乌夜啼》作者宋临川王刘义庆、《寿阳乐》作者宋南平穆王刘铄、《襄阳乐》作者宋随王刘诞等，均为刘宋宗室。刘宋皇室人员纷纷写作吴声、西曲，说明其家族因长期居住江南，对南方乡土之音的素所爱好。吴声、西曲中的另一部分曲调，其制作者则属北方南迁家族。如《桃叶歌》的作者王献之、《长史变歌》的作者王廞，均属北方南下的王氏望族。又《团扇郎歌》歌咏晋中书令王珉与嫂婢情爱之事，其原始歌辞即为嫂婢谢芳姿所作。北方大族王氏，其文化教养、生活习尚固与南方土著不同，但南迁日久，长期沾染南方风俗，因而也喜爱并制作吴声歌曲。

吴声、西曲的作者，除一部分民间歌曲外，若从作者的身份与职业看，则其中有帝王，如宋孝武帝（作《丁督护歌》）、齐武帝（作《估客乐》）等；有宗室，如宋临川王刘义庆（作《乌夜啼》）、宋随王刘诞（作《襄阳乐》）等；有文士（兼文职官僚），如王献之（作《桃叶歌》）、孙绰（作《碧玉歌》）等；有武将，如沈充（作《前溪歌》）、臧质（作《石城乐》）等。这种现象说明吴声、西曲在六朝时代为上流社会各阶层人士所爱好。

发源于民间、歌辞比较粗野的吴声、西曲，为什么在六朝时代为统治阶级中各阶层人士所普遍爱好呢？在这方面，我认为有下列三项现象值得重视。

其一，是上流社会人士对通俗乐曲的爱好。发源于民间的通俗乐曲，用丝竹乐器伴奏，声音婉转动听，不似贵族郊庙乐曲那样虽庄严却板重枯燥。统治阶级人士为了满足其娱乐要求，总是喜爱通俗乐曲。这在先秦两汉时代已是如此。汉魏时代流行的通俗乐曲相和歌辞，经过数百年，至西晋时代已逐渐失去新鲜感，经过西晋荀勖等人的雅化工作，更丧失了过去那种强大的吸引力。因而到六朝时代，人们就把爱好转移到南方新兴的吴声、西曲方面。据《世说新语·言语》载："桓玄问羊孚：何以共重吴声？羊曰：以其妖而浮。"这段记载不但说明东晋后期吴声已经风靡于上流社会，而且具有妖冶、轻松、靡丽的特点，这正是通俗乐曲的强大吸引力所在。六朝清商曲常由女伎演唱，其歌辞多用女子口吻表述，其题材多写男女之情，有些曲调还是舞曲，且歌且舞。这些特点更是适应统治阶层声色之好的要求。据史载，梁武帝某次，"算择后宫吴声、西曲女妓各一部"，都年轻貌美，赏给大臣徐勉（见《南史》卷六〇《徐勉传》）。《石城乐》的作者臧质，史书说他"既富盛，恒有音乐"（《南史》卷五〇《刘显传》）；后来举兵失败，危难之际，对伎乐还恋恋不舍，"至寻阳，焚烧府舍，载伎妾西奔"（《宋书》卷七四《臧质传》）。可见当时统治阶层人士沉溺于清商曲的一斑。列入清商乐的吴声、西曲等，演唱时需要一批女伎，她们要有豪华美艳的服饰，又要有成套的高档乐器，这些都得花去大量费用。所以梁代贺琛向武帝奏事时曾说：“歌谣之具，必俟千金之资。”（《梁书》卷三八《贺琛传》）发源于民间的歌谣，发展成为贵族上层阶级的乐曲，就成为豪华的奢侈品。上面提到的吴声、西曲的一批制作者，帝王、宗室、兼文职官僚的文士、武将等，他们都拥有巨量财富，有条件把清商曲作为日常的娱乐消遣品。

六朝时代（特别是东晋），北方南下的世家大族，对文化程度较低的南方土著及其语言持轻视态度。据陈寅恪《东晋南朝之吴语》一文考证，认为“江左士族操北语，而庶人操吴语”；“东晋南朝官吏接士人则用北语，庶人则用吴语”。又指出东晋初年，名相王导为了笼络吴地人心，在接待客人时特意使用吴语。[①] 北方士族对吴地歌谣原来也是鄙视的，所以东晋前期未见有南迁士族之人制作吴声者。据《晋书》卷八四《王恭传》记载，会稽王司马道子尝在其府第宴请朝士，尚书令谢石喝醉后唱“委巷之歌”（即吴歌），遭到王恭的严厉批评。这说明即使到东晋后期，仍有一些士族人员轻视吴歌。然而，这种正

---

① 陈氏此文收入其《金明馆丛稿二编》，上海古籍出版社 1980 年出版。

统的观念阻挡不了许多统治阶层人士喜爱通俗乐曲的趋势，在东晋中后期，吴声盛行于统治阶层，形成了桓玄向羊孚所说的"共重吴声"的局面。

其二，是南朝最高统治阶层出身寒微。赵翼《廿二史劄记》卷一二"江左世族无功臣"条说："江左诸帝，乃皆出自素族。宋武本丹徒京口里人，少时伐荻新洲，又尝负刁逵社钱被执，其寒微可知也。齐高既称素族，则非高门可知也。梁武与齐高同族，亦非高门也。陈武初馆于义兴许氏，始仕为里司，再仕为油库吏，其寒微亦可知也。其他立功立事、为国宣力者，亦皆出于寒人。"赵氏同书卷八"南朝多以寒人掌机要"条，又论述了南朝不少掌机要大权的人大抵出身贫贱。由于这些当权者出身寒微，为世家大族所崇尚的礼法观念比较薄弱，所以更加容易喜爱通俗的吴声、西曲。上面提到，刘宋帝王、宗室中有不少人制作吴声、西曲，即是明显的例证。《南齐书》卷二三《王俭传》载："上（齐高帝）曲宴群臣数人，各使效伎艺：褚渊弹琵琶，王僧虔弹琴，沈文季歌《子夜》，张敬儿舞，王敬则拍张。"褚渊等都是齐初的著名臣僚，沈文季为吴兴武康人，他以江南土著身份在皇帝及大臣前歌唱吴声《子夜歌》，说明吴歌不但为南朝高层统治人士所喜爱，并在他们的日常生活中已取得稳固地位。

在六朝时代，长江中下游及汉水流域一带商业发达，商估往来频繁。南朝高层统治者出身寒微，生活上与商估多接近，有的并直接参与过经商活动。齐武帝早年为布衣时，尝游樊、邓，熟悉该地区商估生涯，后登帝位，遂制西曲《估客乐》追忆往事。曾作《前溪歌》多首的宋少帝喜欢模仿商估活动，"于华林园为列肆，亲自酤卖"（《宋书》卷四《少帝纪》）。齐东昏侯喜爱清商曲，"在含德殿吹笙歌作《女儿子》（西曲调名）"；他又喜欢作商估活动，"于苑中立市，太官每日进酒肉食肴，使宫人屠酤。潘氏为市令。帝为市魁，执罚。争者就潘氏决判"（均见《南齐书》卷七《东昏侯纪》）。以上只是部分事例，其他的不再列举。我们明白了南朝高层统治者的出身与生活习尚，对于吴声、西曲中含有许多表现商估及其情侣的生活与情绪的作品，就比较容易理解其中的原委了。

其三，是老庄思想的流行。魏晋以至南朝，老庄思想流行。当时盛行的玄学，即以老庄思想为基础，杂以儒学。老庄崇尚自然，蔑视礼法。在其影响下，当时许多士人往往思想比较解放，行为放诞。他们认为亲情（如父子、兄弟之情）、男女之情都出于人的自然之性。玄学家虽然主张"以情从理""圣人之情，应物而无累于物"；但又承认"不能去自然之性""遇之不能无乐，丧之不能无哀""自然之不可革"。[①] 在这种思想影响下，人们认为男女的情爱、爱好美色，都属于人的自然之性，可以容许。《世说新语·任诞》记载，阮籍"邻家妇有美色，当垆酤酒。阮与王安丰常从妇饮酒。阮醉，便眠其妇侧"。《世说新语·惑溺》又载，魏荀粲与其妻感情极笃，妇病亡，粲伤悼之甚，不久亦死。其妻貌美。粲曾曰："妇人德不足称，当以色为主。"阮、荀两人均为崇尚老庄的名士，他们这种放诞的行为与言论，是对儒家礼教的蔑视与挑战。

我们看到，吴声、西曲中的大量表现男女之情的歌辞，有不少表现得相当热烈大胆，有的甚至是赤裸裸的，这在过去《诗经·国风》、汉乐府民歌与汉魏文人诗中都是没有出现过的。这种特点，出现在一部分民间谣曲作者、一部分出身寒微的统治阶层人士（如上文所陈述），因他们受礼法的拘束少，容易理解。但此时还有部分出身士族、文化修养很高的作者，也是如此。如著名文人、玄言诗大家孙绰的《碧玉歌》有云："碧

---

① 见王弼《戏答荀融书》《难何晏圣人无喜怒哀乐论》，收入严可均《全三国文》卷四四。参考杨明《魏晋文学批评对情感的重视和魏晋人的情感观》，载《复旦学报》1985年第1期。

玉破瓜时，相为情颠倒。感郎不羞郎，回身就郎抱。"书法名家王献之的《桃叶歌》有云："桃叶复桃叶，渡江不用楫。但渡无所苦，我自迎接汝。"感情强烈，《碧玉歌》尤见大胆。《玉台新咏》卷九选录它们，题目上均有"情人"两字，为《情人碧玉歌》《情人桃叶歌》。碧玉、桃叶分别为晋汝南王司马义、王献之的爱妾，为妾作乐府歌辞，题目上冠以"情人"两字，足见士族文人对男女之情的充分重视与无所顾忌。

三 价值、影响、历史地位

六朝清商曲（特别是吴声、西曲）的内容，绝大部分都是表现男女的情爱。吴声、西曲中的大量歌辞，生动地表现了少男少女彼此间真诚的爱慕，会面时天真愉快的神情和活动，别离后沉重而又痛苦的相思情绪。它们表现得真挚而又深刻，字里行间洋溢着生命的热情和力量，反映了广大人群在爱情生活方面的积极行动和美好愿望。在那个时代，在封建礼教强大的统治威力下，男女的正当爱情经常得不到满足，反而受到许多无理的折磨和迫害；热烈而又大胆地歌唱了男女爱情的这类诗歌，就具有很大的进步意义。它们更多地用女子的口吻来表述，倾吐了女子在爱情方面的痛苦（相思、被遗弃等），这更反映了在男女不平等的封建社会中妇女的苦难，富有社会意义。当然，它们在描写中也夹杂着若干庸俗不健康的成分，但毕竟是少量和次要的。

在形式方面，吴声、西曲的许多歌辞，大抵语言质朴真率，笔调活泼机灵，有效地表现了年轻男女的爱情，以大量的五言四句歌辞创造了新型的抒情诗、爱情诗。它们明显地表现出民间文学（包括一部分模仿民歌的文人诗作）所特有的刚健、清新的气息。《大子夜歌》在赞美《子夜歌》时有云："慷慨吐清音，明转出天然。"这两句话实际可以概括大多数吴声、西曲歌辞的艺术特色。至于《江南弄》所创造的有规则的长短句，以其婉转柔媚的风格，又创造了一种新的艺术样式。

吴声、西曲歌辞在六朝时期树立了一个新民歌型的诗歌范式，对当时文人诗和后代诗歌都产生深远影响。齐梁时代，文人的五言抒情小诗开始流行，如谢朓的《玉阶怨》《王孙游》，沈约的《为邻人有怀不至》等，风格均较明朗清新，接近民歌。《玉台新咏》卷一〇专收五言四句小诗，在选了近代西曲歌五首、近代吴歌九首、近代杂歌三首等之后，选了王融、谢朓、沈约等人的作品，显示出民歌与文人诗间的传承关系。事实上文人作品接受影响的不只是五言小诗。梁陈时代诗歌语言普遍趋向明朗平易，与南朝前期颜（延之）谢（灵运）诗风迥不相同，正是浸润到民歌风格的结果。梁元帝《金楼子·立言》在论诗赋等韵文时曰："吟咏风谣、流连哀思者谓之文。"则从理论上反映了以吴声、西曲为主的民谣对当时韵文的广泛影响。唐诗也深受吴声、西曲的滋养。唐人绝句，大多数写得明朗自然，体现出接近民歌的风格。元代杨士宏说："五言绝句，唐初变六朝《子夜》体（指以《子夜歌》为代表的吴歌体）也。"（赵翼《陔余丛考》卷二三引）实际上不止五言绝句，不少七言绝句和少数古体诗也受其滋润。如李白的《横江词》六首（七绝）、《杨叛儿》（古体诗）等即是明证。唐代绝句是唐诗的一个重要方面，它们受益于吴声、西曲良多。唐代中期诗风大变，趋向明朗刚健，在文学渊源上深受汉魏六朝乐府诗和汉魏古诗两方面的影响，其中六朝清商曲也是一个重要成分。

唐五代新兴的词（长短句）也蒙受六朝清商曲的影响。前人论述词的起源时，于此往往有所涉及。五代西蜀欧阳炯的《花间集序》已指出二者的传承关系。有曰："'杨柳''大堤'之句，乐府相传；'芙蓉''曲渚'之篇，豪家自制。"按西曲歌中有《月节折杨柳歌》十三首、西曲中有梁简文帝《雍州曲》三首，分别以《南湖》《北渚》《大堤》命篇，唐人又引申为《大堤曲》。在《江南弄》影响下产生的《采莲曲》，梁简文帝有句云："棹动芙蓉落。"梁元帝有句云："愿袭芙蓉裳。"欧阳序文中"杨柳""大堤"等语大致本此。欧阳炯认为花间词承袭着南朝清商曲的传统。王国维《戏曲考源》也说："诗余之兴，齐梁小乐府先之。"[①] 小乐府即指清商曲辞。至于有固定长短句格式的《江南弄》，则体式与词更接近。梁启超在其《中国之美文及其历史》一书末章《词之起源》中，论述南北朝乐府与词的关系，特别引录梁武帝、简文帝的《江南弄》歌辞作证，是颇有道理的。六朝清商曲歌辞由女伎演唱，多用于娱乐场合，内容多述男女情爱，情调缠绵，又有像《江南弄》那样固定的长短句。从内容、形式、情调、演唱者及功能等诸方面看，唐五代词的确和清商曲颇多类似，虽然音乐系统已有不同。再则，五代词繁荣于以成都为首府的西蜀和以金陵为首府的南唐两个地区，同在长江流域。五代词与六朝清商曲关系密切，说明时代虽已有变迁，但在同一个大区域内，由于地

---

① 参考萧涤非《论词之起源》，收入其所著《乐府诗词论薮》，齐鲁书社 1985 年出版。

理环境、人情风俗的相同或接近，其文艺创作也容易发生传承关系。

如上所述，六朝清商曲辞是在南方民间歌谣（吴歌）的基础上发展起来的，它们产生、创作于长江中下游地区，在许多方面呈现出南方文学独具的特色。其间虽也有北方南下的士族人士参加制作，但毕竟仍以南方歌谣为基调，保持着南方文学的特色。至于其外不属乐府体的大量六朝文人诗，则大体上受民歌影响很小，其主要样式为五言古体，也承袭汉魏以来的古诗传统，又其作者颇多出身于北方南下的士族，受中原文化传统影响较深。因此这部分诗歌虽然大抵创作于长江流域，但与清商曲辞风格颇不相同。

在中国诗歌史上，产生于长江流域、富有南方文学特色的作品是引人瞩目的文化遗产，具有重要的历史地位。它的第一个高潮是产生于先秦战国时代的楚辞。以屈原为代表的楚辞，以其深厚的爱国感情、句式长短错落的楚辞体，打开了诗史新的一页，与《诗三百篇》同受后人尊崇，成为百代诗歌之祖。第二个高潮就是六朝的清商曲，它大胆歌唱了热烈真挚的爱情，创造了许多明朗自然的抒情小诗，并有少量句式固定的杂言体。在内容题材、形式体制、语言风格诸方面比

过去均有开拓与创新，并对后代文学产生深远的影响。所以
说，六朝清商曲辞在中国诗歌发展过程中是具有重要价值与
历史地位的。

2002 年作

论吴声与西曲

一 引 言

　　吴声与西曲的歌辞，是六朝乐府诗中最精彩的一部分。所谓乐府诗，系指被乐府官署配合着音乐而演唱的歌诗。中国古代的音乐，依其性质，一般地可分为两大系统：雅乐与俗乐。雅乐是纯粹贵族的东西，性质严肃庄重，被使用于仪式隆重的场合，如郊祀、大射之类。俗乐则原本是民间的艺术，性质轻松活泼；它被贵族统治阶级所采取，作为娱心意悦耳目的消遣品。配合着两种不同的音乐，就有两种不同的乐府歌诗。配合雅乐的歌诗，都属文人学士的作品，其内容则歌功颂德，陈陈相因，文字枯燥板滞，缺少生气，是缺乏文学价值的东西。配合俗乐的歌诗，则往往为采自民间的风谣，内容真挚动人，文字新鲜活泼，是我国诗歌中辉煌的果实。俗乐的歌诗中，后来出现了不少贵族们的拟作，这些作品也往往能保存民歌的一部分优点。汉魏六朝时代，主要的俗乐名叫清商乐，简称清乐。吴声与西曲，便是六朝清乐的主要部分。它们的歌辞，也是六朝流入了贵族社会中的民歌的大本营。

自从汉武帝（刘彻）设立乐府，专门采集各地风谣，这种采集民歌的制度，一直被中古的帝王所保持。吴声、西曲歌词，原是六朝时代产生于吴楚地区的民歌，被当时的乐官采录，方始成为乐曲。《晋书》卷二四《职官志》说："光禄勋属官有清商令。"《隋书》卷二六《百官志》说："梁太乐又有清商署丞。""陈承梁，皆承其制官。"晋代的清商令和梁陈的清商丞，都是专门负责采集民歌予以谱曲演唱的乐官。这些被搜采的歌谣，即是清商曲，主要部分就是吴声歌曲和西曲。宋齐二代，正史并无清商专署的记载，据《宋书》卷三九《百官志》："太常官属有太乐令一人，丞一人，掌凡诸乐事。"《南齐书》卷二八《崔祖思传》："太乐雅郑，元徽（宋废帝年号）时校试，千有余人。"宋代的太乐官既"掌凡诸乐事"，兼辖"雅郑"，自然无须有清商专署。齐代也是同样情形,《通典》卷一四五《乐典》:"《估客乐》,齐武帝(萧赜)之所制也。……使太乐令刘瑶教习。"《估客乐》是西曲之一,就是很好的例证。到了隋唐时代,随着清商乐的渐趋衰亡,中央政府的清商乐官也被宣告裁撤[1]。

吴声与西曲中间的民歌,就这样通过了政府的清商乐府官署,配合着贵族制作的乐曲,被采撷为上层社会的娱乐品。这种歌词,有时已经不是纯粹的民歌,而经过了乐工、贵族们的修饰和改造。贵族们自己更拟作了不少歌词,这种拟作(特别是初期的),其风格、语言、体制,往往能保持民歌的若干特色。由于史料的不够,要在吴声、西曲歌词中,一一判定哪是民歌的原来面目,哪是经过加工的东西,哪是贵族的拟作,已属不可能了。

一般地说,吴声、西曲是整个六朝时代的作品,仔细讲来,两者产生的时代略有先后。根据史籍的记载,吴地的民歌,早在孙吴时代已经开始流行;东晋时代,它们逐渐大量地被贵族阶级演成乐曲。吴声中主要的曲调如《前溪歌》《子夜歌》《华

---

[1] 《隋书·百官志》说隋"炀帝罢清商署",《唐六典》卷一四、《新唐书》卷四八却说唐代始将清商署并入鼓吹署,两说未知孰是。

山畿》《读曲歌》等等，大抵产生于东晋、刘宋两代。①西曲各曲调的产生时代，则比较地晚。其中年代可考的作品，最早的如臧质的《石城乐》、刘义庆的《乌夜啼》、刘铄的《寿阳乐》，都是刘宋初年的作品。西曲的大部分曲调产生于刘宋、萧齐两代②。梁陈时代，吴声、西曲转入停滞阶段，其间虽然仍有新兴的曲调，如萧衍（梁武帝）的《襄阳蹋铜蹄》、陈叔宝（陈后主）的《春江花月夜》等，但已经纯然是贵族化的东西，完全失去民歌的特色了。

吴声、西曲的名称，各自标志它们产生的地域：产生于吴地的叫吴声歌曲，产生于长江流域西部地区的叫西曲，这是相当概括的界说。郭茂倩《乐府诗集》卷四四说："自永嘉渡江之后，下及梁陈，咸都建业，吴声歌曲，起于此也。"建业即现在的南京。我们考察吴声歌曲中的地名，如《上声歌》"闻鼓白门里"、《读曲歌》"白门前乌帽白帽来"的白门，《欢闻歌》"帆上牛渚矶"、《懊侬歌》"暂薄牛渚矶"的牛渚矶，《丁督护

---

① 　《乐府诗集》把《子夜歌》等称为"晋宋齐辞"，系指其歌词的产生时代而言，至其曲调的产生，则都在晋宋。
② 　吴声、西曲一部分曲调的产生时代，《乐府诗集》记载得相当清楚。西曲的一部分曲调，如《三洲歌》《采桑度》《江陵乐》《共戏乐》《安东平》《那呵滩》《孟珠》《翳乐》等，据《乐府诗集》引《古今乐录》："旧舞十六人，梁八人。"可间接推定它们至迟应为萧齐的产品。

歌》"相送落星墟""相送直渎浦"的落星墟、直渎浦,《团扇郎》"窈窕决横塘"的横塘,以及《桃叶歌》的产生地点桃叶渡,《华山畿》的产生地点云阳(现在的丹阳)、华山等等地名,均在建业及其附近,可以相信郭氏的话大致不错。[①]西曲歌的产生地域,根据记载,我们知道:《西乌夜飞》《江陵乐》出于江陵,《襄阳乐》《襄阳蹋铜蹄》出于襄阳,《估客乐》出于樊邓,《石城乐》《莫愁乐》出于竟陵,《三洲歌》出于巴陵,《寿阳乐》《寻阳乐》出于寿阳、寻阳等,大致不出长江中流和汉水两岸。郭茂倩说它们"出于荆郢樊邓之间"[②](《乐府诗集》卷四七),大体上也相当准确。

本文内容,在纵的方面,预备顺次叙述吴声、西曲的起源、发展、衰亡、影响;在横的方面,则着重说明吴声、西曲的题材、作者、社会背景、艺术特点等等。通过前者,我们可以明白,吴声、西曲怎样由民间的徒歌,发展为贵族阶级的乐曲,经过极度的繁荣而逐渐消亡下去;通过后者,我们可以明白,吴声、西曲产生在怎样的社会中间,它们反映了那时代怎样的社会现实,在艺术技巧上表现了怎样的特点。

[①] 也有产生于离建业较远的地区的曲调,如沈充的《前溪歌》,作于浙江武康,那是例外。

[②] 荆,今湖北江陵县;郢,今湖北钟祥县;樊,今湖北襄樊市一带;邓,今河南邓州市。

二　具有批判性的南方新兴歌谣

早在三国孙吴时代，江南地区已经流行着一种活泼而新颖的歌谣，它们的形式常常为五言四句，虽然是简短的篇章，却往往能唱出广大人民的真正的心声。《宋书》卷三一《五行志》为我们记录了这类歌词的最早标本：

> 《孙皓初童谣》云："宁饮建业水，不食武昌鱼；宁还建业死，不止武昌居！"皓寻迁都武昌，民溯流供给，咸怨毒焉。

这首童谣当产生于孙皓准备迁都武昌之际，五行家故神其事，说它是一种预言。从这里，我们看到人民对暴君的恣肆个人意愿不顾百姓劳役的专制行为，发出了如何顽强坚决的痛恨与抵抗！

在封建社会中间，受着残酷经济剥削的人民，被剥夺了学习文化的权利，他们无法用文字来宣达自身的生活、思想和情感。只有歌谣，这口头文学的主要形式之一，能被人民利用为表现自己的情思的工具，利用为讥刺、反抗统治阶级的武器。在六朝，最好的工具或武器便是这种新兴的歌谣。在孙吴以后各代，我们还能看到这类充满战斗性的民歌，虽然由于统治阶级的粉饰历史的作用，它们的数量已经非常稀少。

《宋书》卷三一《五行志》说："晋海西公（司马奕）生皇子，百姓歌云：'凤凰生一雏，天下莫不喜，本言是马（影射司马氏）驹，今定成龙子！'其歌甚美，其旨甚微。海西公不男，使左右向龙与内侍接，生子，以为己子。"童谣表面仿佛一则禽兽故事，实际却在揶揄海西公的不能生育；在这里，作者机智地发挥了高度的讽刺才能，暴露出统治阶级腐败生活的一面。

对于临居上层的政府官吏，老百姓也具有是非分明的爱憎。《晋书》卷九〇《邓攸传》说："攸在吴郡，刑政清明，百姓欢悦，为中兴良守。后称疾去职；郡常有送迎钱数百万，攸去郡，不受一钱。百姓数千人留牵攸船，不得进；攸乃小停，夜中发去。吴人歌之曰：'纨如打五鼓，鸡鸣天欲曙，邓侯挽不留，谢令推不去！'百姓诣台乞留一岁，不听。"在专以剥削民脂民膏为事的官僚群中，人民发现了这样廉洁的长吏，当然舍不得让他走了。《南史》卷四〇《宗越传》说："越性严酷，好行刑诛，时王玄谟御下亦少恩，将士为之语曰：'宁作五年徒，不逐王玄谟；玄谟犹尚可，宗越更杀我。'"其对暴虐统治者疾首痛心的情况，正仿佛孙皓初年的童谣。刘宋大将檀道济以无罪被诛，时人歌曰："可怜白浮鸠，枉杀檀江州！"（《南史》一五《檀道济传》）在这简短的诗句里，人民沉痛地追悼着保卫祖国的民族英雄，同时指斥了昏庸政府不辨黑白的措施。

六朝贵族阶级采录了江南的新兴民歌，制成美妙的吴声与西曲，作为一种娱乐消遣的工具。他们当然不会中意于上面这类讽刺本阶级的充满战斗气味的歌词，因此，在吴声、西曲中间，我们只能看到那些哀感顽艳的情歌，那些能够帮助他们享乐而不会损伤他们尊严的情歌。只有一部分较有远见的历史学家，本着"鉴古知今"的理论，方始肯记录一些人民真正的感情和意见，提供统治阶级作为施政参考。

三 从民间走入上层社会

由于吴声歌曲的产生时代较西曲为早，因此，在由民间走入上层社会的路程中，它担当了先锋的任务。本节所述的史实，也以吴声为主要对象。

《宋书》卷一九《乐志》总述《子夜》《读曲歌》等吴声歌曲道："吴歌杂曲，并出江东，晋宋以来，稍有增广。……始皆徒歌，既而被之弦管。"一般说来，吴歌的从徒歌到入乐，走的正是一条由民间上升到贵族社会的路子。

《世说新语·排调篇》记载孙吴灭亡之后，"晋武帝（司马炎）问孙皓：'闻南人好作《尔汝歌》，颇能为不？'皓正饮酒，因举觞劝帝而言曰：'昔与汝为邻，今与汝为臣，上汝一杯酒，令汝万寿春。'帝悔之"。这段记载说明：流行于吴地的《尔汝歌》，不但为该地的统治者所爱好，同时更赢得了中原贵族的注意。西晋的大音乐家石崇，仿照民歌制了一首《懊侬歌》"丝布涩难缝"篇，赠给他的爱妾绿珠演唱。①《懊侬歌》是产生于吴地的情歌，在东晋中叶以后，它更大大地流行起来。东晋初年，吴兴人车骑将军沈充，根据新颖的吴歌体裁，创制了美妙动人的《前溪》舞曲②，在这方面起了很大的倡导作用。从孙吴到东晋初年，吴歌逐渐被贵族仿制为乐曲，这是它们从民间走入上层社会的第一个阶段。

东晋中叶以后，著名的民间情歌《子夜歌》和《懊侬歌》，开始在社会上盛行起来。相传同宫廷事迹有关的《阿子歌》

---

① 《初学记》卷一五、《太平御览》卷五七三引《古今乐录》："《懊侬歌》，晋石崇为绿珠作。"《乐府诗集》引《古今乐录》于石崇下面漏掉一"为"字，后人遂误以为绿珠的作品。

(2) 参考王运熙《六朝乐府与民歌》中《吴声西曲杂考·前溪歌考》一节。

《欢闻歌》也出现了。中央政府的最高统治者，在这方面更起着倡导作用，如司马昌明（晋孝武帝）、司马道子（昌明之弟）。在这种风气之下，贵族文士孙绰、王献之、王珉等，陆续创作了《碧玉歌》《桃叶歌》《团扇歌》等名篇，用来歌颂本阶级的风流生活。上面的一系列作品，使得吴声歌曲在东晋中叶以后的贵族社会，获得了稳固强大的地位。《世说新语·言语篇》载："桓玄问羊孚：何以共重吴声？羊曰：以其妖而浮。"可见吴声在这时是如何获得整个社会的喜爱。这是吴声发展的第二个阶段。

到了刘宋时代，吴声的势力更由强大而进到定于一尊的局面。这时候，最高统治者的帝王，明目张胆地提倡吴声、西曲，刘义真（宋少帝）仿作若干首《前溪歌》[①]，刘骏（孝武帝）创作了《丁督护歌》。刘骏的影响尤为巨大，《宋书》卷一九《乐志》称"孝武大明中，以鞞、拂杂舞，合之钟石，施于殿廷"。我们可以推测到《宋书·乐志》所叙录过的《子夜》《凤将雏》《前溪》《读曲歌》等吴声，以及西曲的《寿阳乐》《襄阳乐》，在这时候应当都被搬入宫廷，与原本出自民间的鞞、拂杂舞等

---

① 参考王运熙《吴声西曲杂考》中《前溪歌考》一节。

同时成为最好的娱乐品。《南齐书》卷四六《萧惠基传》说："自宋大明（孝武年号）以来，声伎所尚，多郑卫淫俗；雅乐正声，鲜有好者。惠基解音律，尤好魏三祖曲及相和歌，每奏辄赏悦，不能已也。"萧惠基所赏悦的是盛行于汉魏时代的三调相和歌辞，它们原也是出于民间的俗乐，但经过晋代荀勖等人的雅化工作，已经逐渐丧失新鲜活泼的气息而趋向僵化，不再能对贵族阶级起刺激作用，因此不得不让位于方兴未艾的吴声、西曲。自此以后，吴声、西曲在贵族俗乐的园地中形成独霸的地位，它们在这第三个阶段中完成了上升的过程。

在中国文学史中，民间文艺在走入贵族社会的道路中间，由于它那代表了广大人民的粗犷气息，由于它或多或少地蔑视和反抗了被贵族阶级视为神圣的封建秩序，开始时总要遭遇到上层社会中正统人士的剧烈摈斥和嫉视，吴声、西曲在这方面也不能例外。《晋书》卷八四《王恭传》说：

> 会稽王道子尝集朝士，置酒于东府，尚书令谢石因醉为委巷之歌。恭正色曰："居端右之重，集藩王之第，而肆淫声，欲令群下何所取则？"石深衔之。

这里"委巷之歌"，实即吴歌。《北堂书钞》卷五九引《晋中兴书·太原王录》也记载此事，"委巷之歌"作"吴歌"。《南史》卷三四《颜延年传》称："延之每薄汤惠休诗，谓人曰：惠休制作，委巷中歌谣耳，方当误后生。"颜延之嫉视汤惠休及鲍照，主要即为了两人喜欢仿效吴歌制作新体诗的缘故。[①]刘宋末叶，"王僧虔解音律，以朝廷礼乐，多违正典，人间竞造新声，时齐高帝辅政，僧虔上表请正声乐；高帝乃使侍中萧惠基调正清商音律"（《南史》卷二二《王僧虔传》）。历史证明这种反抗新声复兴古乐的努力，并不能转变整个社会的风尚。《汉书·礼乐志》曾经记载刘欣（汉哀帝）不喜郑声，即位后罢乐府官，然而"豪富吏民，湛沔自若"。刘欣所厌恶的郑声，就是汉代的俗乐，其主要部分即为相和歌，在六朝时候它却成为被正统派爱悦的古乐了。很显然，音乐文学史上新陈代谢的趋势——民间富有生气的俗乐替代贵族陈旧音乐的趋势，是不能用消极的人为力量来阻遏的。

---

① 鲍照《吴歌》三首，《采菱歌》七首，《幽兰》五首，《中兴歌》十首，惠休《江南思》一首，《杨花曲》三首：均为五言四句之吴歌体诗作。又鲍、汤两人所作之七言《白纻歌》，在当时亦为新兴的委巷之歌。

四　冲破了礼教的樊笼

数百首的吴声、西曲，几乎全部是哀感缠绵的情歌，这一方面由于一种普遍的现象："很多地方搜集到的民歌，都是情歌占绝大多数。"（何其芳《论民歌》）一方面则如上文所述，由于统治阶级的选择作用。这些情歌，虽然缺乏批判性的内容，却能以活泼机灵的笔调，来表现人民生活的另一方面——那种火辣辣的毫不遮掩的爱情，洋溢着生命的热情和力量。诚然，在这些情歌中，往往有色情的露骨的描写，在内容情调上都透露出不健康的气息；但它们在爱情得不到正当满足的封建社会里，往往表现了对于封建秩序、封建道德的猛烈的抗议和背叛。

我们设想我国中古时期的各个朝代，应当都不缺少大胆歌颂爱情的歌谣，然而传下来的只有吴声与西曲。这我们不能不向整个六朝时代贵族社会的风气找寻解释。一个稍稍读过中国历史的人，都知道那时代的贵族生活达到了荒淫放纵的高度。浪漫热情的吴声、西曲，恰巧能够满足他们找寻刺激的要求。必须承认，作为封建秩序支柱的儒家礼教束缚力量的衰弱，是村野的吴歌能够走入上层社会而且流传下来的主要原因。

吴声、西曲中著名的情歌有《子夜》《读曲歌》《华山畿》《阿子歌》《欢闻》《懊侬》《杨叛儿》等曲调。

《子夜歌》相传为名叫子夜的晋代女子所创始，它是女子失恋后的悲歌，民间流行着"鬼歌子夜"的传说。《华山畿》起源于一出民间恋爱悲剧：一个少年在华山畿邂逅一位少女，"悦之无因，感心疾而死"，葬时，车从华山经过，那位少女知道此事，出来唱了一首悲歌："华山畿，君既为侬死，独活为谁施？欢若见怜时，棺木为侬开！"棺盖忽然应声打开，她跳进去殉情而死（见《古今乐录》）。这类神秘的故事说明了一种事实：在封建社会中男女恋爱不能自由，少男少女往往企图从死亡中实现理想，他们虽然是消极的行为，显然对于封建秩序起着一定的反抗作用。

吴声、西曲中一部分情歌，相传起源于对政治的预言。例如《阿子歌》《欢闻歌》预言着褚太后哭穆帝的事情，《懊侬歌》预言了桓玄的失败，《杨叛儿》预言了杨旻与何妃的暧昧关系。这些说法恐怕是后人的附会，它们原是寻常的情歌："阿子汝闻不？""杨婆儿共戏来！"都是情人呼唤对方的口吻；"草生可揽结，女儿可揽抱"（《懊侬歌》），则是艳阳天气下的相思歌曲。这些歌词的产生，当早在政治事件发生之前，后来相信谣谶的人们，根据两者声音或意义的近似，把它们牵合上去。通过这种比附，民间的谣曲就更能顺利地在上层社会中流行起来。

《采桑度》《青阳度》《作蚕丝》等一类借蚕桑吟咏爱情的歌曲，在题材方面，受到汉代相和歌《陌上桑》（一名《采桑》）的影响；同时它们所反映着的江南蚕桑环境，也不应忽视。

底下，让我们来管窥一下这些情歌的内容及其艺术技巧。在《国风》之后，我们第一次在吴声、西曲中间，看到了许多大胆地热烈地抒写男女情爱的作品；它们是以多么新鲜活泼的文字，表达了江南小儿女们在爱情中间的欢愉和哀怨啊！

《子夜歌》："朝思出前门，暮思还后渚，语笑向谁道，腹中阴忆汝。"又："揽枕北窗卧，郎来就侬嬉，小喜多唐突，相怜能几时？"

《欢好曲》："淑女总角时，唤作小姑子，容艳初春花，人见谁不爱！"

《懊侬歌》："我与欢相怜，约誓底言者？常叹负情人，郎今果成诈！"

《华山畿》："腹中如汤灌，肝肠寸寸断，教侬底聊赖？"

又：“奈何许，天下人何限，慊慊只为汝！”

《读曲歌》：“芳萱初生时，知是无忧草，双眉画未成，那能就郎抱？”“怜欢敢唤名，念欢不呼字，连唤欢复欢，两誓不相弃！”

许多精美的情歌，使用了巧妙的比喻、奇特的想象来诉说热烈迫切的感情，在表现的艺术上是异常之出色而成功的。

《欢闻变歌》：“张罾不得鱼，鱼不橹罾归，君非鸱鹚鸟，底为守空池？”

《华山畿》：“开门枕水渚，三刀治一鱼，历乱伤杀汝。”又：“啼著曙，泪落枕将浮，身沉被流去！”又：“相送劳劳渚，长江不应满，是侬泪成许。”

《读曲歌》：“闻欢得新侬，四支懊如垂鸟，散放行路井中，百翅不能飞！”又：“打杀长鸣鸡，弹去乌白鸟，愿得连冥不复曙，一年都一晓！”

《杨叛儿》：“暂出白门前，杨柳可藏乌，欢作沉水香，侬作博山炉。”

《西乌夜飞》：“日从东方出，团团鸡子黄，夫妇恩情重，怜欢故在傍。"

比喻中的一种特别格式——谐音双关语，在吴声、西曲中，数量和技巧都达到了空前的高度，我们将在下文予以详细论述。

鲁迅在论述《子夜歌》等民间文学时说："大众并无旧文学的修养，比起士大夫文学的细致来，或者会显得所谓低落的，但也未染旧文学的痼疾，所以它又刚健、清新。"（《门外文谈》）假如拿梁陈时代的宫体诗来与吴声、西曲作一比较，我们便可清楚认识到《子夜》等民间歌谣所特具的"刚健、清新"的优点。

无可否认，吴声、西曲的一部分歌词，在内容情调上都表现出不健康的成分。这些歌词有一部分是贵族阶级的拟作，一部分则当是城市小市民阶级的作品。这些歌词在情爱的描写上，往往流入庸俗的低级趣味。如：

《读曲歌》："合冥过藩来，向晓开门去，欢取身上好，不为侬作虑。"又："念日行不遇，道逢播揩郎，香灭衣服坏，白肉亦黯疮。"

它们所写的大约是娼妓的生活。这种低级趣味的娼妓歌在吴声、西曲中间获得了一定的地盘。

贵族阶级虽然非常爱悦着民歌的庸俗部分，但由于社会地位及身份的关系，在这方面的描写，往往采取比较含蓄的手法。下面这些歌词较为渊雅的篇章，当是他们的作品。

《子夜歌》："揽裙未结带，约眉出前窗，罗裳易飘扬，小开骂春风。"

《子夜秋歌》："开窗秋月光，灭烛解罗裳，含笑帷幌里，举体兰蕙香。"

这种享乐的颓废的肉欲描写，后来逐渐流入贵族阶级的五言诗范围，就促进了"绮艳相高，极于轻薄"的宫体诗的产生。

五　商业城市生活的反映

吴声歌曲产生于吴地，以当时的京都建业为中心地区；西曲产生于荆、郢、樊、邓一带，以长江中流及汉水流域的城市为中心地区。中古时代商业都市的风貌，在吴声、西曲中获得了部分的反映。

产生吴声、西曲的中心地区，在那个时候属于扬州和荆州。"荆、扬二州，户口半天下，江左以来，扬州根本，委荆以阃外"（《宋书》卷六六《何尚之传》），它们是南朝经济和政治的中心区域。二州的州治，成为全国货物的集散地："荆城（江陵）跨南楚之富，扬部（建业）有全吴之沃①。鱼盐杞梓之利，充仞八方，丝绵布帛之饶，覆衣天下。"（《宋书》卷五四《孔季恭传论》）在建业城内，"淮水（秦淮）北有大市，其余小市十余所"。南朝的统治阶级，聚集在那些大城市里面。他们的奢侈消费行为，主导地造成了这些城市在商业上的繁荣现象。

在吴声、西曲中间，我们看到不少诗篇对商业城市的繁华生活寄予无限的向往：

　　《黳乐》："人言扬州乐，扬州信自乐。总角诸少年，歌舞自相逐。"

---

① 六朝时扬州的州会即在京城建业。《太平寰宇记》卷一二三："扬州，元帝渡江历江左，扬州常理建业。"故那时人们也呼建业为"扬州"。在吴声、西曲中也是如此。参考王运熙《吴声、西曲中的扬州》一文。

《襄阳乐》："人言襄阳乐，乐作非侬处。乘星冒风流，还侬扬州去。"

城市中的居民，由于经济生活一般地较为富裕，在歌谣中也显现出优游愉乐的情调。《江陵乐》中，写出了青年男女的动人的游戏：

> 不复蹋蹀人，蹀地地欲穿，
>
> 盆隘欢绳断，蹋坏绛罗裙。

《石城乐》和《襄阳乐》，原本是这两个城市的行乐歌谣。《石城乐曲》系宋臧质所作，它原先是该地的民歌。"石城在竟陵，质尝为竟陵郡，于城上眺瞩，见群少年歌谣遒畅，因作此曲。"（《通典·乐典》）《襄阳乐》本是襄阳城内流行的歌谣，"元嘉（宋文帝年号）二十六年，随王诞为雍州刺史，夜闻诸女歌谣，因而作之"（《古今乐录》）。二者都通过了贵族的加工过程，由徒歌演为乐曲。《南齐书》卷五三《良政传序》说："永明（武帝年号）之世，十许年中，百姓无鸡鸣犬吠之警。都邑之盛，士女富逸；歌声舞节，祛服华妆，桃花绿水之间，秋月春风之下，盖以百数。"（节录）这段话说明了城市行乐歌谣发达的经济基础。

在吴声、西曲（特别是西曲）中间，描写商旅生涯的歌谣，占了很大的分量。如上所述，建业（扬州）和江陵，是荆、扬两州的最大商埠，因此一般估客，就沿着长江，往还于江陵、扬州间，经营他们的生意。

《懊侬歌》："江陵去扬州，三千三百里，已行一千三，所有二千在。"

《襄阳乐》："江陵三千三，西塞陌中央，但问相随否，何计道里长！"

在江陵到扬州中途，巴陵是一个重要商埠，它是《三洲歌》的产生地。《古今乐录》说："《三洲歌》者，商客数游巴陵，三江口往还，因共作此歌。"《三洲歌》是西曲中非常美妙动听的乐曲。汉水流域为西方富庶之区，襄阳一带，尤为繁华，《襄阳乐》为我们带来了不少商旅之歌。襄阳北部的樊城、邓城二县，为汉水上流商估聚集之地。"齐武帝（萧赜）布衣时尝游樊邓，登祚以后，追忆往事，而作《估客乐》。"（《古今乐录》）《估客乐》的制作，显然出于商旅歌谣的加工与仿拟。由于最高统治者的倡导，描绘商旅生涯的歌词，在西曲中获得了广大的地盘。

吴声的《欢闻变歌》《懊侬歌》，西曲的《石城乐》《莫愁乐》《乌夜啼》《襄阳乐》《那呵滩》等等曲调中间，都有很好的商人歌，以真挚天真的内容，质朴生动的文字，描绘出商旅的生活和情感，摄住了读者的心灵。

　　《欢闻变歌》："刻木作斑鸠，有翅不能飞。摇著帆樯上，望见千里矶。"又："驶风何曜曜，帆上牛渚矶。帆作伞子张，船如侣马驰。"

　　《懊侬歌》："长樯铁鹿子，布帆阿那起。诧侬安在间，一去三千里。"又："暂薄牛渚矶，欢不下廷板。水深沾侬衣，白黑何在浣。"

　　《石城乐》："布帆百余幅，环环在江津。执手双泪落，何时见欢还？"

　　《莫愁乐》："闻欢下扬州，相送楚山头。探手抱腰看，江水断不流！"

　　《那呵滩》："闻欢下扬州，相送江津湾。愿得篙橹折，交郎到头还！"（赠）又："篙折当更觅，橹折当更安。各自

是官人，那得到头还！"（答）

贵族阶级的嗜好和选择作用，规定了整个吴声、西曲歌辞内容的单纯性——束缚在情爱的小圈子里。商人歌是整个情歌中的一部分，关于商估生活、情感的描绘，也仅仅通过情爱的内容被表达了出来。

在封建社会的残酷的剥削制度之下，广大城乡地区经常产生着贫穷得无立锥之地的人民，找寻着任何可以糊口的职业。适应着城市有闲阶级以及居无定所的商估的需要，稍有色艺的贫女，往往走向娼妓的道路。

西曲的《青骢白马曲》道："问君可怜六萌车，迎取窈窕西曲娘。"这里的西曲娘是一个靠歌喉生活的娼妓。《丹阳孟珠歌》里的孟珠，是京师附近的一位收入很好的娼妓：

《丹阳孟珠歌》："人言孟珠富，信实金满堂。龙头衔九花，玉钗明月珰。"

孟珠在那时候应当是一位名娼，其歌词（另外一首）与著名的《钱塘苏小小歌》，一齐被徐陵编入《玉台新咏》。

《襄阳乐》中写出了它南部大堤县的烟花女儿，是多么逗引商旅的留恋："朝发襄阳城，暮至大堤宿。大堤诸女儿，花艳惊郎目。"大堤女儿后来在唐代诗人的作品里往往成为吟咏的对象。

《寻阳乐》和《夜度娘》较明显地描绘了娼女的接客生涯及其痛苦：

《寻阳乐》："鸡亭故侬去，九里新侬还，送一却迎两，无有暂时闲。"

《夜度娘》："夜来冒霜雪，晨去履风波，虽得叙微情，奈侬身苦何！"

这是描绘卖淫生活的最明显的例子，此外还有一部分肉感较强的情歌，其中不少当是反映着娼妓的生涯的。

六　形式和语言

吴声、西曲的每首歌词，其句式大抵为五言四句，也就是五言绝句，虽然人们并不唤它作绝句。现存吴声歌曲约三百三十首，其中约二百七十首为五言绝句体。仅有六十首左右的歌词，较多三言、七言等参差句法，而每首的句数也不限于四句；这种例外形式大都产生于《华山畿》《读曲歌》两曲调中。西曲总数约一百五十首，其中约一百十首都是五言四句，在《寿阳乐》《月节折杨柳歌》《安东平》《青骢白马》《共戏乐》《女儿子》等曲调中出现了三言、四言、七言等句式，每首也不限定四句。西曲歌词句式例外于五绝体者较多，但在整个西曲中间毕竟仍占少数。因此，我们可以说：五言四句是吴声、西曲歌词字句的主要形式。

我们考察六朝时代一些不被采入乐府的歌谣，五言四句式固属不少，但字句参差的分量更占多数。我疑心民间歌谣的字句本来比较自由，经过了贵族阶级的删改和仿制，它们的格式就更整齐化起来，因为那时候贵族阶级的文坛中，五言诗正处在黄金时代。

民间歌谣在格式上的特点，鲜明地表现在吴声、西曲中间。这里有两点尤足注意。第一，是男女双方互相赠答的体裁。例如《子夜歌》开头两首："落日出前门，瞻瞩见子度。冶容多姿鬓，芳香已盈路。"（男赠）"芳是香所为，冶容不敢当。天不夺人愿，故使侬见郎。"（女答）便是好例。[①] 这种男女赠答体裁的歌谣，在我国南部地区广泛地出现着，即在今日，仍然保存着这种风气。其次，在吴声中很多相类于《诗经》的叠章，如《子夜变歌》："岁月如流迈，春尽秋已至。荧荧条上花，零落何乃骎。""岁月如流迈，行已及素秋。蟋蟀吟堂前，惆怅使侬愁。"在《前溪》《丁督护》《团扇郎》《黄鹄》《碧玉》《桃叶》《长乐佳》诸曲调中，都有此种例子。它们的歌词虽然往往出于文人之手，但其体裁则显然渊源于民歌。

在语言方面，也有两点特色最足注意。首先，是它们大量地使用着方言土语。举一些显著的例，如《懊侬歌》的"擘如陌上鼓""内心百际起""约誓底言者""布帆阿那起""落托行人断"，《华山畿》的"将懊恼""摩可侬"，《读曲歌》的"娑拖何么归，道逢播搔郎""上知所"，《西乌夜飞》的"目作宴瞋饱，腹饥宛恼饥""刀作离楼僻"等等都是。它们在全篇中显得非常新鲜活泼，增强了语言的魅惑性，同时，更为我们保存着不少六朝口语的资料。

其次，是它们大量使用着巧妙的谐音双关语，这是吴声、

---

① 参考余冠英先生《谈吴声歌曲里的男女赠答》（载《文艺复兴·中国文学研究号》上册）。

西曲中间最生动也最逗人注意的一项艺术特征。所谓谐音双关语，是指利用谐音作手段，一个词语可同时关顾到两种不同意义的词语。例如《读曲歌》："奈何许，石阙生口中，含碑不得语。"末句"碑"字双关"悲"字。"碑"与"悲"音同字异，我们名这类双关语为"同音异字之双关语"。尚有一类同音同字之双关语，例如《子夜歌》："见娘善容媚，愿得结金兰。空织无经纬，求匹理自难。"末句"匹"字双关"布匹"和"匹偶"二层意义。这两类双关语有混合在一起的时候，例如《子夜夏歌》："朝登凉台上，夕宿兰池里。乘月采芙蓉，夜夜得莲子。"末句"莲"双关"怜"，属于第一类；"子"兼指"莲子"和"吾子"（你），属于第二类。我们不妨把它唤作混合双关语。谐音双关语大致可以分为上述三类。

一般说来，一个谐音双关语的组成，经常需要两个句子：上句述说一种事物，下句申明上句的意思，双关语就在这种申明中带出。洪迈《容斋三笔》说："自齐梁以来，诗人作乐府《子夜四时歌》之类，每以前句引兴比喻，而后句实言以证之。"（"乐府诗引喻"条）就是这个意思。譬如上面所引："石阙生口中，含碑不得语。""石阙生口中"是叙述一事，就是洪氏所谓"比兴"；"含碑不得语"是"石阙生口中"的结果，申明上意，就是洪氏所谓"实言以证之"的字句，双关语"碑"（悲）字就在这里带出。这是一般的格式，也有例外，但占少数。

谐音双关语及其引兴比喻中间所称述的事物，如习见的芙蓉、莲、藕、梧桐、蚕丝、布匹、藩篱、帘薄等等，"都是歌者当时当地所见得到的事物"（陈望道先生《修辞学发凡》），显示出物质环境对作品题材的影响。

在六朝以前的歌谣中，已经有谐音双关语的出现。《古诗十九首》（之一）云：

> 客从远方来，遗我一端绮。
> 相去万余里，故人心尚尔。
> 文彩双鸳鸯，裁为合欢被，
> 著以长相思，缘以结不解，
> 以胶投漆中，谁能别离此？①

---

① 这首古诗疑在汉代也尝入乐。乐府瑟调曲《饮马长城窟行》下半段"客从远方来，遗我双鲤鱼"云云，措辞相同，疑这是古乐府的一种套头，参考余冠英先生《乐府歌辞的拼凑和分割》（载《国文月刊》第六十一期）。

朱珔《文选集释》道："此盖借丝为思，借连结为结好，犹莲之为怜，蕙之为忆。古人以同音字托物寓情，类如是尔。"说得正是。这里的双关语虽然不及后来的精巧，但显然可见，在汉代民歌中，谐音双关语已开始萌芽，为六朝时代的吴声、西曲导乎先路。六朝以后的民歌，如明代的山歌、清代的粤讴，也包含着不少生动活泼的谐音双关语。

谐音双关语这项修辞格式，其特点既然在利用谐音作手段，以一个词语关顾两种不同意义，因此，这种修辞现象是属于语言领域而不是文字上的。从汉到清各代民歌中谐音双关语的经常出现，说明它们是口头文学的一种特殊修辞现象。它们同民间语言经常保持着密切的联系，所以总是显得新鲜、活泼、生动、自然，对读者具有强大的魅力。在吴声、西曲影响之下，唐宋的一些诗人，也喜欢在他们的诗作中使用谐音双关语。这些作品也有写得颇生动的，但终于逐渐趋向雕琢文字的途径，完全失却民歌的自然活泼的本色，如唐代皮日休、陆龟蒙的一些风人诗便是好例。这说明了谐音双关语一旦脱离民间口语的沃壤，便立刻会憔悴而枯萎下去的。

七　贵族的仿作及其思想、生活

通过贵族阶级的乐曲——吴声与西曲，六朝的民歌得以大量地流传下来。在吴声、西曲中间，贵族们所制的曲调是相当多的。晋代有沈充的《前溪歌》，孙绰的《碧玉歌》，王献之的《桃叶歌》，王廞的《长史变歌》；宋有刘骏（孝武帝）的《丁督护歌》，刘义庆的《乌夜啼》，刘铄的《寿阳乐》，刘诞的《襄阳乐》，臧质的《石城乐》，沈攸之的《栖乌夜飞》；齐有萧赜（武帝）的《估客乐》；梁有萧衍（武帝）的《襄阳蹋铜蹄》；陈有陈叔宝（后主）的《玉树后庭花》《春江花月夜》等等。这些作家都是新的曲调的创制者，至于根据已有曲调而仿作歌词如《子夜歌》《懊侬歌》等，尚不计在内。这些作品，大致可分为两类：第一类本为民间歌谣，经贵族的改造而制成乐曲，《石城乐》《襄阳乐》等曲调属之；第二类则为贵族们模仿民歌的体裁与风格，创制了纯然歌咏本阶级的生活、思想、感情的作品，《碧玉歌》《桃叶歌》《长史变歌》等曲调属之。

六朝是一个大纷乱的时代。空前残酷的民族战争，频繁篡夺的政治局面，放浪无为的老庄思想，这些因素凑合起来，使得当时的贵族们严重地感到了生命的无常，从而尽量趋向于消极的目前享乐。吴声、西曲即在这种要求下获得了盛大的发展。这里且举一二具体例子来作证明。《梁书》卷二八《鱼弘传》说：

> 弘常语人曰：我为郡所谓四尽：水中鱼鳖尽，山中麋鹿尽，田中米谷尽，村里民庶尽。丈夫生世，如轻尘栖弱草，白驹之过隙，人生但欢乐，富贵几何时！于是恣意酣赏，侍妾百余人，不胜金翠；服玩车马，皆穷一时之绝。

《南史》卷七二《刘昭传》说：

> 昭子缓，性虚远有气调，风流跌宕。……常云：不须名位，所须衣食；不用身后之誉，唯重目前知见。

鱼弘、刘缓两人的见解和行动，实在反映了六朝大多数上层贵族分子的倾向。"人生但欢乐，富贵几何时""不用身后之誉，唯重目前知见"，声乐的异常发达，是这种思想意识的逻辑表现。

演唱乐曲，必须具备相当丰厚的物质基础，不消说得，贵族们在这方面的条件是非常够格的。我们即在吴声、西曲方面，举一些具体史实来谈谈。演唱吴声、西曲，必须拥有相当数量的声伎。《南史》卷六〇《徐勉传》："普通末，（梁）武帝自算择后宫。吴声、西曲女伎各一部，并华少，赉勉，因此颇好声酒。"说明了贵族阶级备有大量的女伎演唱吴声、西曲。《石城乐》的作者臧质，在举兵失败后，"至寻阳焚烧府舍，载伎西奔"（《宋书》卷七四本传）。《栖乌夜飞》作者沈攸之，"富贵拟于王者，夜中，诸厢房燃烛达旦，后房服珠玉者数百人，皆一时绝貌"（《南史》卷三七本传）。这些后房佳人有不少当是乐曲的演奏者。

贵族阶级演奏声乐时的豪华情况，也值得注意。这里也举一二例子：萧赜（齐武帝）"布衣时尝游樊邓，登祚以后，追忆往事而作《估客乐》。……数乘龙舟游五城江中放观。以红越布为帆，绿丝为帆缏，输石为篙足。篙榜者悉着郁林布，作淡黄袴，列开，使江中衣出，五城殿犹在"（《古今乐录》）。这种荒淫的行为，可说是杨广（隋炀帝）游幸江都的先导。"羊侃性豪侈，善音律，自造《采莲》《棹歌》两曲，甚有新致。姬妾列侍，穷极奢靡。……初赴衡州，于两艋舺起三间通梁水斋，饰以珠玉，加以锦缋，盛设帷屏，陈列女乐。乘潮解缆，临波置酒，缘塘傍水观者填咽"（《梁书》卷三九《羊侃传》），贵族统治阶级就这样陶醉在声乐的享受里。

声乐的耽溺，一方面使贵族们的意志和生活日趋腐化，一方面使他们更加紧了对人民的剥削。《梁书》卷三八《贺琛传》说：

> 琛条奏武帝，其二事曰……歌姬舞女，本有品制，二八之锡，良待和戎。今畜妓之夫，无有等秩，虽复庶贱微人，皆盛姬姜，务在贪污，争饰罗绮。故为吏牧民者，竞为剥削，虽致赀巨亿，罢归之日，不支数年，便已消散。盖由宴醑所费，既破数家之产，歌谣之具，必俟千金之资，所费事等丘山，为欢止在俄顷。

歌姬、舞女所演唱的，主要即为吴声、西曲。

八　作者·本事·和送声

《乐府诗集》在编录吴声、西曲的每一曲调的歌词前面，往往引述《宋书》《古今乐录》等书的记载，说明这一曲调的创始人和它产生时候的事实背景。这类记载，由于产生了一些文字上的沿误，由于其他可作旁证的资料的未被注意，更由于所记情况与现存歌词内容往往不相符合，遂招致了晚近不少文学史研究者的怀疑，甚至被认为完全不足凭信。其实这种怀疑是不能成立的。

先说作者问题。贵族作家中名字比较生僻的，当推《前溪歌》的作者沈充和《长史变歌》的作者王廞。沈充一作沈玢，他是东晋初年吴兴人，曾为车骑将军，跟着王敦作乱，被杀。事迹附见《晋书》卷九八《王敦传》后面。前溪是沈充家乡的一条河流，风景相当好，所以他作歌咏之。《宋书·乐志》说："《前溪歌》者，晋车骑将军沈玢所制。""玢"字后世刻本讹成"玩"字，因此造成读者的疑惑，但《晋书》及新、旧《唐书》的《音乐志》却并没有错。[①]再说《长史变歌》，《宋书·乐志》说："《长史变》者，司徒左长史王廞临败所制。"王廞的事迹在《晋书》（附见卷六五《王导传》）里有非常明白的叙述：

> 荟（王导子）子廞，历太子中庶子、司徒左长史。以母丧居于吴。王恭举兵，假廞建武将军、吴国内史，令起军助

为声援。廞即墨经合众，诛杀异己，仍遣前吴国内史虞啸父等入吴兴、义兴聚兵，轻侠赴者万计。廞自谓义兵一动，势必未宁，可乘间而取富贵。而曾不旬日，国宝赐死，恭罢兵符，廞去职。廞大怒，回众讨恭。恭遣司马刘牢之距战于曲阿，廞众溃，奔走，遂不知所在。

把它和《长史变歌》内容比照，真是再清楚不过了。但前人于王廞的事迹都没有注意到，清代朱乾的《乐府正义》，较能留意于乐府史实的考订，尚且说"王廞事俟考"（卷一〇）。因此，我认为一些学者对吴声、西曲作者的怀疑，主要的原因在于未能深考。

　　王廞的事迹，已是一个本事问题，这里再举本事方面的一个例子，是关于《丁督护歌》的。《宋书·乐志》说：

　　《督护歌》者，彭城内史徐逵之为鲁轨所杀，宋高祖使府内直督护丁旿收敛殡殓之。逵之妻，高祖（刘裕）长女也，呼旿至阁下，自问敛送之事。每问，辄叹息曰：丁督护！其声哀切，后人因其声广其曲焉。

这里所述徐逵之战死的事迹，可征信于《宋书》卷二《武帝（刘裕）本纪》："义熙十一年正月，公（指武帝，时为宋公）率众军西讨。三月，军次江陵。公命彭城内史徐逵之参军王允之出江夏口。复为鲁轨所败，并没。"（节录）同书卷七一《徐湛之传》有更详尽的叙述。所谓府内直督护"丁旿"其人，更见于同书卷二《武帝本纪》、卷四八《朱超石传》。显然，《督护歌》的本事是毋庸置疑的。尚有其他曲调的本事，大致都可信，我另有详考，这里不赘。

底下让我们讨论一下本事的记载与现存歌词内容不相符合的问题。吴声、西曲的一部分曲调，如《长史变》《碧玉》《桃叶》等等，歌词内容与本事是互相谐合的。另外一部分就不如此，如《丁督护歌》，本事说徐逵之随刘裕西征鲁轨，兵败而死，而歌词云："督护北征去，前锋无不平。"内容大相径庭。又如《西乌夜飞歌》，据《古今乐录》，是刘宋荆州刺史沈攸之举兵叛乱，"未败之前，思归京师"之作；但由现存的歌词，却丝毫不能看出这种意思。这类本事与歌词内容不相符合的问题应当怎样解决呢？答案是：吴声、西曲每一曲调的本事，是说明它创始时候的事实背景；而现存歌词，却不一定是创始时候的作品；每一曲调的后来拟作，不需要在内容上符合于原始的本事，仅仅利用着该歌曲的声调便已足够了。

为了解决这个问题，必须叙述一下吴声、西曲中间的和声与送声两种特殊声调。和、送声以参差的文句构成，和声是歌词中间歌人群相唱和之声，送声在后，它们是歌唱乐词时助节声调的重要部分。根据古籍的记载，以及间接的推论，吴声、西曲各曲调的和送声，可约举如下：

（1）《子夜歌》和声云："子夜来。"

（2）《欢闻歌》和声云："欢闻。"送声云："欢闻否？"

（3）《阿子歌》和声云："阿子闻。"送声云："阿子汝闻否？"

（4）《丁督护歌》和声云："丁督护！"

（5）《团扇歌》和声云："白团扇。"（以上吴声）

（6）《石城乐》和声云："妾莫愁。"（《莫愁乐》当相同）

（7）《乌夜啼》和声云："笼窗窗不开，乌夜啼，夜夜望郎来。"

（8）《襄阳乐》和声云："襄阳来夜乐。"

（9）《三洲歌》和声云："三洲断江口，水从窈窕河傍流，欢将乐共来，长相思。"

（10）《襄阳蹋铜蹄》和声云："襄阳白铜蹄，圣德应乾来。"

（11）《女儿子》和声云："女儿。"

（12）《那呵滩》和声云："那呵滩，郎去何当还？"

（13）《杨叛儿》和声云："杨婆儿，共戏来。"送声云："叛儿教侬不复相思。"

（14）《西乌夜飞》和声云："白日落西山，还去来。"送声云："折翅乌，飞何处，被弹归。"

（15）《月节折杨柳歌》和声云："折杨柳。"（以上西曲）

和送之声，最初应当渊源于民间的谣曲。当吴地或者石城、襄阳的儿童少年，在野外合群踏足唱歌时，他们必然需要可以共同合唱的和送之声以为调节。吴声《阿子歌》的"阿子闻""阿子汝闻否"，西曲《石城乐》《莫愁乐》的"妾莫愁"，《襄阳乐》的"襄阳来夜乐"，便是它们最原始的形态。它们有最显著的两点特色：第一，其句法比较参差多变化，能增加歌词句调上的繁复性；第二，因为由许多人和歌，能增加歌词音调上的强烈性。由于这两大优点，和送声在曲调中就显得非常突出，也可以说，它们构成了曲子的主要声调。《宋书·乐志》等所载从民谣演成的乐曲，主要就是指根据、利用其和送之声而言，至于它们原始的歌词，则不一定被采录下来的。《旧唐书·音乐志》说："《子夜》，声过哀苦。"《古今乐录》说："褚太后哭阿子汝闻否，声既凄苦。"《宋书·乐志》说："后人演其声以为《阿子歌》《欢闻》二曲。"《宋志》又说:"《丁督护》,其声哀切,后人因其声广其曲焉。"这里所谓"声",主要便是指和送声而言。

基于此,我们可以阐明乐曲内容变化的原因。就拿《阿子歌》《欢闻歌》来说吧,它们本是民间的童谣,被附会为预言褚太后哭穆帝的凶丧,因为其和送声凄苦动听,遂被采为乐曲。但因重声不重辞的缘故,歌词内容就起了讹变。"阿子"本被认作褚太后唤穆帝的称呼,但后来却用以指女性情人。如《阿子歌》:"阿子复阿子,念汝好颜容,风流世稀有,窈窕无人双。"《妒记》(《世说新语·贤媛篇》注引)记载晋代桓温的太太看见桓温的妾李氏时,抱着她说:"阿子,我见汝亦怜,何况老奴!"可见当时亦呼女子为"阿子"。后来更把"阿子"讹成"鸭子":"春月故鸭啼,独雄颠倒落。工知悦弦死,故来相寻博。"(《阿子歌》)《乐府诗集》引《乐苑》说:"嘉兴人养鸭儿,鸭儿既死,因有此歌。"这显然是后起的说法。但不论是男的思念女的,或者嘉兴人哭鸭儿,"阿(鸭)子闻""阿(鸭)子汝闻否"的和送声,依然能够适用。"阿子"只能指女性情人,如以"欢"字代"阿子",便可用以指情郎了。这是《欢闻歌》产生的缘由。再如上面所说的《丁督护歌》,"丁督护"本是徐逵之妻呼唤丁旿的声调，后来的《丁督护》歌词，却将它作为女子送别出征的爱人的称呼，这也是重声不重义的结果。

《旧唐书·音乐志》说："《乌夜啼》，宋临川王义庆所作也。今所传歌，似非义庆本旨。"似非本旨，这是现存吴声、西曲各曲调歌词的共通现象。我们可以说：《子夜》《懊侬》《华山畿》《杨叛儿》诸曲，是当时描写以女子为主的相思歌曲的总汇；《白团扇》是状写女子谴责男子的曲调；《丁督护》为模拟女子送别爱人口吻的送行曲；《乌夜啼》是叙述男女生离的哀歌；《石城》《襄阳》诸曲调，则是歌咏该地乐曲的集成。所谓某人创作某曲，仅是指被后来利用的声调（主要为和送之声）而已。《乐府诗集》（卷八七）说："凡歌辞，考之与事不合者，但因其声而作歌尔。"（《黄昙子曲》题解）这话应是我们了解乐府，特别是吴声、西曲内容的秘钥。

早期的大部分拟作歌词的内容，一般尚与和送声在文字意义上保持相当联系，其情况有如上面所述；到后来，这种意义上的联系性逐渐消失，和送声在歌词中就仅仅剩下助节声调的作用。西曲的《西乌夜飞歌》，便是这方面显著的例子。唐宋时代的乐府——填词，最初内容尚须符合调名，到后来，每个牌调仅仅供给了一种固定的声调与形式，其情形和吴声、西曲正仿佛相似。①

九　雅化·衰亡·影响

吴声歌曲大抵产生于晋宋两代，西曲大抵产生于宋齐两代。经过了长时期的贵族阶级的提倡和加工，吴声与西曲，不论在音乐方面，在歌词方面，都逐渐走向雅化之路，也就是僵化的前奏。这种从雅化到僵化的现象，在萧梁时代充分地暴露了出来。我们试看萧衍（梁武帝）和他的宫嫔王金珠所制作的《子夜歌》《子夜四时歌》《上声歌》《欢闻歌》等等，其词句多么典雅！它们虽然维持着五言四句的形式，然而，生动的口语没有了，机智的双关语消失了，其思想内容，更奄奄毫无生气，吴歌在他们手里，终于变为丢失了精魄的躯壳。

梁以后是陈。据《隋书》《旧唐书》的《音乐志》记载，陈叔宝（后主）在吴声歌曲方面的制作有《黄鹂留》《玉树后庭花》

---

① 本节论吴声、西曲和送声与歌词内容关系的文字，系节录王运熙《论六朝清商曲中之和送声》一文而成。

《金钗两臂垂》《春江花月夜》《堂堂》诸曲调。其中有歌词留传至今的，仅有叔宝自制的《玉树后庭花》一曲，以及同曲的"璧月夜夜满，琼树朝朝新"两句江总所作的残句[①]。从这些仅存的歌词，我们看到其特点是：一、内容是卑靡的病态的，没有热烈真挚的思想情感。二、经过萧梁宫体诗的洗礼，辞句绮丽，完全失却前期吴声歌曲质朴自然的优点。三、摆脱了短小的五言四句的民歌形式，如叔宝的《玉树后庭花》便是七言六句的。吴声在内容、语言、形式上的民歌的特点，在这里被彻底破坏了。

杨广（隋炀帝）继陈叔宝之后，创制了不少淫靡的乐章，其名目有《万岁乐》《藏钩乐》《七夕相逢乐》《泛龙舟》《十二时》等等。今仅存《泛龙舟》歌词（杨广自制）一首，七言八句，风格与陈叔宝及初唐作品相近，而和早期吴声歌词毫无类同点。《隋书·音乐志》将上面这些乐曲，叙在龟兹乐部分，但其中的《泛龙舟曲》，《通典》列入清乐，《乐府诗集》也编入吴声歌曲，大约是清乐与龟兹乐混合的歌曲。这种事实说明传自西域、流行北方的龟兹乐，在隋代统一南北以后，已经逐渐

---

① 《南史》卷一二《张贵妃传》引此二句，不言作者，《大业拾遗记》以为江总所作。

打入清乐的范围，开始侵夺它的地位了。到了唐代，胡乐系统的燕乐更蓬勃发展，成为俗乐的主要部门，清乐遂走入消沉没落的道路。《通典》卷一四六记载这种情况道：

> 清乐遭梁陈亡乱，所存盖鲜，隋室以来，日益沦缺。大唐武太后之时，犹六十三曲。今其辞存者，合三十七曲。又七曲有声无辞，通前为四十四曲存焉。沈约《宋书》恶江左诸曲哇淫，至今其声调犹然。观其政已乱，其俗已淫，既怨且思矣；而从容雅缓，犹有古士君子之遗风，他乐则莫与为比。自长安（武则天年号）以后，朝廷不重古曲，工伎转缺，能合于管弦者，唯《明君》《杨叛》……共八曲。开元中，有歌工李郎子，自郎子亡后，清乐之歌阙焉。（节录）

出自民间的吴声、西曲，在走入贵族社会的过程中，曾经遭遇到正统派代表王恭、颜延年、王僧虔等人的大声摈斥，然而经过了长时期的雅化过程，已经变得"从容雅缓，犹有古士君子之遗风"了。因此，当它们灭亡的时节，就赢得爱古之士的惋惜。这种情况，在汉代的相和乐府，以及其他由民间上升到贵族阶级的文学，都曾经同样地发生过。

底下让我们谈谈吴声、西曲在文学史上的影响。首先，吴声、西曲直接帮助孕育了梁陈的宫体诗。所谓宫体诗，是指以一种华艳的字句专门吟咏男女之情，着重描写妇女体态、容貌和日常生活的诗歌。其中心人物为梁代的萧纲（简文帝）、徐摛、徐陵、庾肩吾、庾信等作家。《隋书·经籍志》说："梁简文之在东宫，亦好篇什：清辞巧制，止乎衽席之间；雕琢蔓藻，思极闺闼之内。后生好事，递相放习，朝野纷纷，号为'宫体'。流宕不已，迄于丧亡。陈氏因之，未能全变。"（《隋书·经籍志》集部总论）上面曾经说过六朝贵族阶级的生活、兴趣，曾经规定了吴声、西曲的内容的狭窄性；现在流连于情爱的吴声、西曲，又反过来催促了宫体诗的诞生。刘师培《中国中古文学史》说：

> 宫体之名，虽始于梁，然侧艳之词，起源自昔。晋宋乐府，如《桃叶歌》《碧玉歌》《白纻词》《白铜鞮歌》[①]，均以淫艳哀音，被于江左。迄于萧齐，流风益盛。其以此体施于五言诗者，亦始晋宋之间，后有鲍照，前则惠休。特至于梁

---

① 按《襄阳白铜鞮歌》，梁萧衍所制，刘氏误。

代，其体尤昌。

这里对宫体诗的渊源于吴声、西曲这史实，有着相当简括的解释。当然，六朝贵族阶级的淫佚生活，是诞生宫体诗的根本原因；但从文学本身范围内各种作品间的相互关系上讲，我们不能不肯定吴声、西曲所给予宫体诗的严重影响。

吴声、西曲不但孕育了宫体诗，更影响了其他的文学部门。刘师培说："梁代妖艳之词，多施于辞赋；至陈则志铭书札，亦多哀思之音、绮靡之词。"（《中国中古文学史》）萧绎（梁元帝）说："吟咏风谣，流连哀思者谓之文。"（《金楼子·立言篇》）可以看出它们对当时的诗歌以外的韵文作品、散文作品以及文学理论的影响。

在诗歌的形式方面，吴声、西曲为五言绝句奠定了坚实的基础。五言四句的"古绝句"①，虽在汉代已经出现，如西汉成帝时的《尹赏歌》、古乐府《上留田行》（"里中有啼儿"篇），但它们的数量是很少的。通过吴声、西曲的发展与影响，这种短小隽永的民歌体裁的诗作，才开始在贵族社会中广泛地流行

---

① 即古体绝句，区别于平仄调协的近体绝句而言。

起来。只要打开专录五绝的《玉台新咏》第十卷一看，在"近代吴歌""近代西曲歌"底下，文士们的五言绝句接踵不断，我们便会认清楚这一段文学史上的因果关系。

最后要约略谈一下吴声、西曲和词（长短句）的关系。在音乐上言，吴声、西曲属于清乐，词属于燕乐，是两个系统。[①]然而，两者在内容和形式上，却有着相当密切的联系。在内容上，由于两者同是贵族阶级的娱乐品，同是主要由女妓歌唱的乐府歌曲，因此在题材方面都显得非常狭窄，徘徊在情爱的小圈子里[②]。在形式上，长短句的词，也可以说是从字句整齐的吴声、西曲中演变出来的。吴声、西曲中也有长短句的歌词，固不用说[③]，此外绝大部分的五言四句式的歌词，靠了字句参差的和送声的加入，也起到了调节声调的作用。唐人歌唱乐府，最初还保存着这种方法，所以"唐初歌辞，多是五言或七言诗"（胡仔《苕溪渔隐丛话》后集卷三九）。后来在丧失了意义的和声部分填入有意义的字句，和本歌上下文联系起来，便形成

---

① 沈括《梦溪笔谈》卷五："唐天宝十三载，以先王之乐为雅乐，前世新声为清乐，合胡部为宴（燕）乐。"

② 苏轼以后的词，已经跨出了这个圈子。

③ 特别值得注意的是西曲的《月节折杨柳歌》（十三首）和萧衍、萧纲、沈约等的《江南弄》（共十四首），每首都以相同的参差句法组成。

了长短句。《全唐诗》说："唐人乐府元用律绝等诗，杂和声歌之。其并和声作实字长短其句以就曲拍者为填词。"这对两者格式间递变关系的叙述，是非常简明扼要的。现存唐五代初期词作（其实即为句法整齐的入乐诗）中间，仍颇多应用和声的，如张说的《舞马词》，和声为"圣代升平乐"（前二首）及"四海和平乐"（后四首）；皇甫松的《竹枝》，和声为"竹枝""女儿"[①]，其《采莲子》的和声为"举棹""年少"；五代孙光宪的《竹枝》，和声也是"竹枝""女儿"。这种依然应用和声的词作，可说是从整齐的诗歌发展到长短句的过渡形态，随着长短句的充分发展，调节声调的和声，已经失去它的作用，就宣告消失了。

---

① 《竹枝词》的和声"女儿"，当本自西曲的《女儿子》。《女儿子》原为巴东渔者之歌（见《水经注》），而《竹枝词》一名《巴渝词》（见刘禹锡《竹枝词序》），两者产地相同，故在声调上自然有渊源关系。（采刘毓盘先生《词史》第一章说。）

离合诗考

离合字体，以成诗章，昔之学人，率谓孔融肇始。

旧题梁任昉《文章缘起》："孔融作四言离合诗。"（案昉书早亡，今本为唐张绩所补，见《唐书·艺文志》。）明陈懋仁注："字可析而合成文，故曰离合。"唐吴兢《乐府古题要解》："离合诗起汉孔融，合其字以成文也。"唐刘悚《乐府解题》："离合诗，孔融作，合其字以成文。"宋严羽《沧浪诗话》："离合，字相析合成文，孔融'渔父屈节'之诗是也。"

编者注：为了向读者解释离合诗，本章保留了一些异体、繁体字。

离合作郡姓名诗（章樵注《古文苑》本）

渔父屈节，水潜匿方。（离鱼字。）与旹进止，出行施张。（离日字。鱼日合成鲁。案旹古旹字，《石林诗话》作时，下句作"出寺弛张"。）吕公矶钓，盍口渭旁。（离口字。盍，《石林诗话》作"阖"。）九域有圣，无土不王。（离或字。口或合成國。）好是正直，女回子匡。（离子字。子，《石林诗话》作"于"。）海内有截，隼逝鹰扬。（当离乙字。恐古文与今文不同，合成孔也。案海内，《石林诗话》作"海外"。钱南扬《谜史》云：截当作𢆷方合。然考汉隶，只有作𢆷而无作𢆷，视截字已较近矣。）六翮将奋，羽仪未彰。（离鬲字。）蚖龙之蛰，俾也可忘。（离虫字。合成融。蚖龙，《石林诗话》作"龙蚖"。）玟璇隐曜，美玉韬光。（去玉成文，不须合。）无名无誉，放言深藏。（离与字。）按辔安行，谁谓路长。（离才字，合成舉。案末句无析合之用，与上异。）

《石林诗话》："此篇离合鲁国孔融文举六字。徐而考之，诗二十四句，每四句离合一字。（案其说有误，参见前。）如首章云：'渔父屈节，水潜匿方。与时进止，出寺弛张。'第一句渔字，第二句水字，渔犯水字而去水，则存者为鱼字。第三句有时字，第四句有寺字，时犯寺字而去寺，则存者为日字。离鱼与日合之，则为鲁字。下四章类此，殆古人好奇之过，欲以文字示其巧也。"（案古人载籍详释孔诗者，以石林为最早，故备录之。）

夷考其实，文举以前，已有此体。东汉袁康、吴平著《越绝书》，魏伯阳著《参同契》，均隐籍贯姓名于后序中，特知之者鲜耳。

杨慎《升庵文集》卷十跋《越绝》："或问《越绝》不著作者姓名，何也？予曰：姓名具在书中，览者弟不深考耳。子不观其绝篇（案指《越绝篇叙外传记》第十九）之言乎？曰：'以去为姓，得衣乃成。厥名有米，覆之以庚。禹来东征，死葬其乡。不直自斥，托类自明。文属辞定，自于邦贤。以口为姓，承之以天，楚相屈原，与之同名。'此乃隐语见其姓名也。去得衣，乃袁字也。米覆以庚，乃康字也。禹葬之乡，乃会稽也。是乃会稽人袁康也。其曰不直自斥，托类自明，厥旨照然，欲使后人知也。文属辞定，自于邦贤，盖所共著，非康一人也。以口承天，吴字也。屈原同名，平字也。

与康共著此书者乃吴平也。不然，其言何为而设乎？或曰：二人何时人也？予曰：东汉也。何以知之？曰：东汉之末，文人好作隐语，'黄绢碑'其著者也。又孔融以'渔父屈节，水潜匿方'云云，隐其姓名于离合诗。魏伯阳以'委时去害，与鬼为邻'云云，隐其姓名于《参同契》。融与伯阳俱汉末人，故文字稍同，则兹书之著为同时何疑焉？问者喜曰：二子名微矣，得子言乃今显之，谁谓后世无子云乎？"

案：王充《论衡·超奇篇》云："前世有严夫子，后有吴君商，（孙诒让云：商，当为高。君高，吴平字。《案书篇》云：会稽吴君高。又云：君高之《越纽录》，即今《越绝书》也。）末有周长生。"充卒于和帝永元中（《后汉书》本传），《超奇篇》有"长生死后"之语，君高在长生前，升庵谓与孔融同时，失考。

又案：葛洪《神仙传》："魏伯阳，上虞人，约《周易》作《参同契》，桓帝时以授同郡淳于叔通。"孔融生于桓帝永兴元年（《后汉书》本传），年次亦在魏伯阳后。

魏伯阳《参同契·自序》篇云："委时去害，依托丘山。循游寥廓，与鬼为邻。化形而仙，沦寂无声。百世一下，遨游人间。敷陈羽翮，东西南倾。汤遭阨际，水旱隔并。柯叶萎黄，失其华荣。各相乘负，安稳长生。"宋俞琰《周易参同契发挥》释之云："此乃魏伯陽三字隐语也。委与鬼相乘负，魏字也。百之一下为白，白与人相乘负，伯字也。汤遭旱而无水，为易，阨之厄际为阝，阝与易相乘负，陽字也。魏公用意，可谓密矣。"（案：此段文字，注家尚有异说，然多穿凿，故从略。）

案：离合诗格，须先离后合，《越绝书》："以去为姓，得衣乃成。厥名有米，覆之以庚。以口为姓，承之以天。"仅有合无离，严格论之，实不足当离合之名。若《参同契》之"百世一下，遨游人间""汤遭阨际，水旱隔并"，始备离合雏形，第不似孔氏之整齐耳。

又案：杨慎《丹铅杂录》卷九"汉人好作隐语"条释"依托丘山"云："古魏字作巍，故云依托丘山，宜乎。"其说良是。《三国志·魏书·文帝纪》注："《易运期》又曰：鬼在山，禾女连，王天下。"可为佐证。

大抵汉魏之际，析字之戏，衍成风气，不特离合诗体为然。

《世说·捷悟篇》："杨德祖为魏武主簿，时作相国门，始构榱桷，魏武自出看，使人题门作活字便去。杨见，则令人坏之。既竟，曰：门中活，阔字，王正嫌门大也。"又："人饷魏武一杯酪，魏武啖少许，盖头上题合字以示众。众莫能解。次至杨修，修便啖曰：公教啖一口也，复何疑？"又："魏武尝过曹娥碑下，杨修从，碑背上见题作'黄绢幼妇，外孙齑臼'八字，魏武谓修曰：解否？答曰：解。魏武曰：卿未可言，待我思之。行三十里，魏武乃曰：吾已得。令修别记所知。修曰：黄绢，色丝也，于字为绝。幼妇，少女也，于字为妙。外孙，女子也，于字为好。齑臼，受辛也，于字为辞（通作辤）。所谓'绝妙好辞'也。魏武亦记之，与修同，乃叹曰：我才不及卿，乃觉三十里。"刘孝标注云："按曹娥碑在会稽中，而魏武、杨修未尝过江也。《异苑》曰：陈留蔡邕，避难过吴，读碑文，以为诗人之作，无诡妄也，因刻石旁作八字。魏武见而不能了，以问群寮，莫有解者。有妇人浣于汾渚，曰第四车解，既而祢正平也。衡即以离合义解之。或谓此妇人即娥灵也。"《三国志·吴志·薛综传》："西使张奉于权前，列尚书阚泽姓名以嘲泽，泽不能答。综下行酒，因劝酒曰：蜀者何也？有犬为独，无犬为蜀，横目句身，虫入其腹。奉曰：不当复列君吴耶？综应声曰：无口为天，有口为吴，君临万邦，天子之都。于是众坐喜笑，而奉无以对。"（裴注引《江表传》以为诸葛恪嘲费祎之辞，辞亦小异。）

其在歌谣，亦有斯体。

司马彪《续汉书·五行志》："献帝践祚之初，京师童谣曰：'千里草，何青青，十日卜，不得生。'案千里草为董，十日卜为卓。凡别字之体，皆从上起左右离合，无有从下发端者也。今二字如此者，天意若曰：卓自下摩上，以臣陵君也。青青者，暴盛之貌也。不得生者，亦旋破亡。"

《玉台新咏》录古绝句四首，在贾充与李夫人连句前，当属汉、魏之作，其第一首云："藁砧今何在？山上复有山。何当大刀头，破镜飞上天。"吴兢《乐府古题要解》云："藁砧今何在？藁砧，铁也，问夫何处也。山上复有山，重山为出字，言夫不在也。何当大刀头，刀头有镮，问夫何时当还也。破镜飞上天，言月半当还也。"

而溯厥远源，犹当上及于谶纬。

刘勰《文心雕龙·明诗》篇："离合之发，则萌（俗本作"明"。此据唐写本及《太平御览》。）于图谶。"黄叔琳注引《孝经右契》（《玉函山房辑佚书》）曰："孔子作《孝经》及《春秋》《河洛》成，告备于天，有赤虹下化为黄玉，上刻文云：'宝文出，刘季握。卯金刀，在轸北。字禾子，天下服。'合卯金刀为刘，禾子为季也。"

《后汉书·光武纪》，光武即位，告天地群神，其祝文引谶记曰："刘秀发兵捕不道，卯金修德为天子。"李贤注："卯金，刘字也。《春秋演孔图》曰：卯金刀名为赤帝后，次代周。"《后汉书·光武纪·论》："及王莽篡位，忌恶刘氏，以钱文有金刀，故改为货泉，或以货泉字文为白水真人。"周亮工《字触》曰："白水，光武所居乡名也。"

《后汉书·公孙述传》："述梦有人语之曰：'八厶子系，十二为期。'觉谓其妻曰：'虽贵，而祚短，若何？'妻对曰：'朝闻道，夕死尚可，况十二乎？'"又同传引《援神契》曰："西太守，乙卯金，谓西方太守而乙绝卯金也。"李贤注："乙，轧也，述言西方太守能轧绝卯金也。"

盖析字者，廋其辞以成谜语，实谜之一种，文人好奇，因有离合诗焉。

《文心雕龙·谐隐》篇："自魏代以来，颇非俳优，而君子嘲隐，化为谜语。谜也者，同互其辞，使昏迷也。或体目文字，或图象品物；纤巧以弄思，浅察以衔辞；义欲婉而正，辞欲隐而显。荀卿《蚕赋》，已兆其体；至魏文、陈思，约而密之。高贵乡公，博举品物，虽有小巧，用乖远大。"

案：由刘氏之言，可知当时谜语大别分为两类：其一体目文字，即指析字之戏；其一图象品物，则荀卿《蚕赋》一流。惜曹魏诸家谜语今并无存，末由考究矣。

又案：《北史》卷九〇《艺术传》："徐之才聪辩强识，有兼人之敏，尤好剧谈体语。嘲王昕姓云：'有言则訢，近犬便狂；加颈足而为马，施角尾而成羊。'卢元明因戏之才云：'卿姓是未入人，名是字之误，之当为乏也。'即答云：'卿姓在山为虐，在丘为虚；生男则为虏，配马则为驢。'又尝与朝士出游，遥望群犬竞走，诸人试令目之。之才即应声云：'为是宋鹊，为是韩卢，为逐李斯东走，为负帝女南徂。'"之才与王昕、卢元明之嘲戏，刘氏所谓体目文字也。其目群犬竞走，刘氏所谓图象品物也。合而言之，称为体语。（陆机《文赋》："赋体物而浏亮。"体者，描状也。）刘氏谓体目文字，盖与图象品物为互文，体目不必专指析字，故《北史》于图像品物，亦曰目之也。（《北史》引文，据殿版考证，有校改处。）

孔融以后，晋有潘岳离合诗，体式一遵孔氏。

离合（"思杨容姬难堪"六字）

潘 岳

佃渔始化，人民穴处。（离田字。）意守醇朴，音应律吕。（离心字，合成思字。）桑梓被源，卉木在野。（离木字。）锡鸾未设，金石拂举。（离易字，合成楊字。）害咎蠲消，吉德流普。（离宀字。）黯谷可安，奚作栋宇。（离谷字，合成容字。）嫣然以惠，焉惧外侮。（离女字。）熙神委命，已求多祜。（离臣字，合成姬字。）叹彼季末，口出择语。（离莫字。）谁能默识，言丧厥所。（离佳字，合成难字。）垄亩之彦，龙潜岩阻。（离土字。）黪义崇乱，少长失叙。（离甚字，合成堪字。）

案：《潘安仁集》，岳娶杨肇女，卒，有《悼亡诗》，容姬或是其妻名也。

降及东晋，作者无闻。洎乎刘宋，王韶之始创为骚体。

咏雪离合

王韶之

霰先集兮雪乃零，散辉素兮被檐庭。曲室寒兮朔风厉，川陆涸兮群籁鸣。（雪）

其后孝武帝刘骏亦有骚体离合。

离　合

刘　骏

霏云起兮泛滥，雨霭昏而不消。意气悄以无乐，音尘寂而莫交。守边境以临敌，寸心厉于戎昭。阁盈图记，门满宾像。仲秋始戒，中园初凋。池育秋莲，水灭寒漂。旨（《集韵》："旨"或作"言"）归涂以易感，日月逝而难要。分中心而谁寄，人怀念而必谣。（离合"悲客他方"四字。）

128

而谢灵运、谢惠连、何长瑜、贺道庆并有五言离合诗。

作离合

谢灵运

古人怨信次，十日眇未央。

加我怀缱绻，口脉情亦伤。

劇哉归游客，处子勿相忘。（别字）

离合诗二首

谢惠连

放棹遵遥涂，方与情人别。

啸歌亦何言，肃尔凌霜节。（各字）

夫人皆薄离，二友独怀古。

思笃子衿诗，山川何足苦。（念字）

夜集作离合

前　人

四座宴嘉宾，一客自远臻。

九言何所戒，十善故宜遵。

（此字）（《古今图书集成》）

离合诗

何长瑜

宜然悦今会，且怨明晨别。

肴蕨不能甘，有难不可雪。（未详）

离合诗

贺道庆

促席宴闲夜，足欢不觉疲。

詠歌无余愿，永言终在斯。（信字）

是后文士有作，咸宗五言。

离合赋物为咏

王　融

冰容惭远鉴，水质谢明晖。

是照相思夕，早望行人归。（火字）

离合诗

石道慧

好仇华良夜，子欢我亦欣。

昊穹出明月，一坐感良晨。（娱字）

离合

梁元帝

沉寥云初净，水木备春光。

宪定方无远，合浦不难航。（宠字）

离合诗赠尚书令何敬容

萧　巡

伎能本无取，支叶复单贫。

柯条谬承日，木石岂知晨。

狗马诚难尽，犬羊非易驯。

敄顿既不似，学步孰能真。

寔由紊朝典，是曰蠹彝伦。

俗化于兹鄙，人涂自此分。（何敬容）

案：《南史》卷三〇《何敬容传》："自晋、宋以来，宰相皆文义自逸，敬容独勤庶务，贪惏为时所嗤鄙。时萧琛子巡颇有轻薄才，因制卦名、离合等诗嘲之，亦不屑也。"

离合诗赠江藻

沈　炯

開门枕芳野，井上发红桃。

林中藤茑秀，木末风云高。

屋室何寥廓，至士隐蓬蒿。

故知人外赏，文酒易陶陶。

友朋足谐晤，又此盛诗骚。

朗月同携手，良景共含毫。

欒巴有妙术，言是神仙曹。

百年肆偃仰，一理讵相劳。（闲居有乐）

春日离合

庾　信

秦春初变曲，未有逐琴心。

明年花树下，月月来相寻。（春）

田家足闲暇，士友暂流连。

三春竹叶酒，一曲鹍鸡弦。（日）

唯陶弘景《真诰》所录诰命，犹为四言，特体制未严。

《真诰》卷二《运象篇》第二："曾参出田，丹心同舟。素糸（或作系，此据《道藏》本）三迁，来庇方头。"弘景自注云："此四句是离合作思玄字，即长史之字也。"又云："右紫微王夫人所喻，令示许长史。"今案：素糸三迁，三疑当作川，系去川，庇以方头宀，成玄字也。玄，俗本作"元"，当是避清帝康熙讳而改。

而《北史·斛律光传》所载五言离合，亦率意不经。

《北史》卷五十四《斛律光传》："（祖）珽省事褚士达梦人倚户授其诗曰：'九斗八升粟，角斗定非真。堰却津中水，将留何处人。'以告珽。珽占之曰：'角斗，斛字。津却水，何留人，合成律字。非真者，解斛律于我不实。'士达又言所梦状乃其父形也。斑由是惧。"

隋运短促，此制靡闻。迄于唐初，其体未绝。

《旧唐书·文苑传》："元万顷，洛阳人。乾封中，从英国公李勣征高丽，为辽东道总管记室，别帅冯本以大军援裨将郭待封，船破失期，待封欲作书与勣，恐高丽知其救兵不至，乘危迫之，乃（《太平御览》引《唐书》，其中有"乃令万顷"四字）作离合诗赠勣，勣不达其意，大怒曰：'军机急切，何用诗为？'必斩之。万顷为解释之，乃止。"案郭待封诗，今不存。

又案：《唐诗纪事》亦以为万顷自作，卷五云："从李勣征高丽，为辽东道管记。勣令别将赴平壤，粮不及期，万顷作离合诗密报勣。勣曰：'军机切遽，何以诗为？'欲斩之。言状乃免。"

洎乎中叶，权、张赠答，同僚继赓，蔚成篇什。

离合诗赠张监阁老（一作《以离合诗赠秘书监张荐》）

权德舆

黄叶从风散，共嗟时节换。

忽见鬓边霜，勿辞林下觞。

躬行君子道，身负芳名早。

帐殿汉官仪，巾车塞垣草。

交情剧断金，文律每招寻。

始知蓬山下，如见古人心。（思张公）

奉酬礼部阁老转韵离合见赠（时为秘书监）

张　荐

移居既同里，多幸陪君子。

弘雅重当朝，弓旌早见招。

植根琼林圃，直夜金闺步。

劝深子玉铭，力竞相如赋。

间阔向春闱，日复想光仪。

格言信难继，木石强为词。（私权阁）

和权载之离合诗（时为中书舍人）

崔　邠

脉脉美佳期，月夜吟丽词。

谏垣则随步，东观方承顾。

林雪消艳阳，简册漏华光。

坐更芝兰室，千载各芬芳。

節苦文俱盛，即时人并命。

翩翩紫霄中，羽翮相辉映。（咏□篇）

同前（时为中书舍人）

杨於陵

校德尽珪璋，才臣时所扬。

放情寄文律，方茂经邦术。

王猷符发挥，十载契心期。

画游有嘉话，书法无隐辞。

信兹酬和美，言与芝兰比。

昨夜忝吟绎，日觉祛蒙鄙。（效三作）

同前（时为给事中）

许孟容

史（一作敏）才司秘府，文哲今超古。

亦有擅风骚，六联文墨曹。

圣贤三代意，工艺千金字。

化识从臣谣，人推仙阁吏。

如登昆阆时，口诵灵真词。

孙简下威风，系霜琼玉枝。（□□好）

同前（时为给事中）

冯　伉

车马退朝后，聿怀在文友。

动词宗伯雄，重美良史功。

亦曾吟鲍谢，二妙尤增价。

雨霜鸿唳天，匝树鸟鸣夜。

覃思各纵横，早擅希代名。

息心欲焚砚，自觍陪群英。（□非恶）

同前（时为户部侍郎）

潘孟阳

詠歌有离合，永夜观酬答。

笥中操彩笺，竹简何足编。

意深俱妙绝，心契交情结。

计彼官接联，言初并清切。

翔集本相随，羽仪良在斯。

烟云竞文藻，因喜玩新诗。（词章美）

同前（时为国子司业）

武少仪

少年慕时彦，小悟文多变。

木铎比群英，八方流德声。

雷陈美交契，雨雪音尘继。

恩顾各飞翔，因诗睹瑰丽。

傅野绝遗贤，人希有盛迁。

早钦风与雅，日咏赠酬篇。（才思博）

降及末季，皮、陆唱酬，篇章特富，并造新体，与前迥异。

闲居杂题五首

（自注云："以题十五字离合。"）

陆龟蒙

鸣蜩早

闲来倚杖柴门口，鸟下深枝啄晚虫。

周步一池销半日，十年听此鬓如蓬。

野态真

君如有意耽田里，予亦无机向艺能。

心迹所便唯是直，人间闻道最先憎。

松间斟

子山园静怜幽木，公干词清咏革門。

月上风微萧洒甚，斗醁何惜置盈尊。

饮岩泉

已甘茅洞三君食，欠买桐江一朵山。

嚴子濑高秋浪白，水禽飞尽钓舟还。

当轩鹤

自笑与人乖好尚，田家山客共柴车。

干时未似栖庐雀，鸟道闲携相尔书。

奉和鲁望闲居杂题五首

皮日休

晚秋吟

东皋烟雨归耕日，免去玄冠手刈禾。

火满酒炉诗在口，今人无计奈侬何。

好诗景

青盘香露倾荷女，子墨风流更不言。

寺寺云萝堪度日，京尘到死扑侯门。

醒闻桧

解洗余酲晨半酉，星星仙吹起云門。

耳根莫厌听佳木，会尽山中寂静源。

寺钟暝

百缘斗薮无尘土，寸地章煌欲布金。

重击蒲牢含山日，冥冥烟树睹栖禽。

砌思步

褵褵古薛绷危石，切切阴螿应晚田。

心事万端何处止，少夷峰下旧云泉。

药名离合夏日即事三首

陆龟蒙

乘屐著来幽砌滑，石罂煎得远泉甘。

草堂只待新秋景，天色微凉酒半酣。

（滑石、甘草、景天皆药名，下仿此。）

避暑最须从朴野，葛巾筠席更相当。

归来又好乘凉钓，藤蔓阴阴著雨香。

窗外晓帘还自卷，柏烟兰露思晴空。

青箱有意终须续，断简遗编一半通。

奉和鲁望药名离合夏日即事三首

皮日休

季春人病抛芳杜，仲夏溪波绕坏垣。

衣典浊醪身倚桂，心中无事到云昏。

数曲急溪冲细竹，叶舟来往尽能通。

草香石冷无辞远，志在天台一遇中。

桂叶似茸含露紫，葛花如绶蘸溪黄。

连云更入幽深地，骨录闲携相猎郎。

怀锡山药名离合二首

皮日休

暗窦养泉容决决，明园护桂放亭亭。

历山居处当天半，夏里松风尽足听。

晓景半和山气白，薇香清净杂纤云。

实头自是眠平石，脑侧空林看虎群。

和袭美怀锡山药名离合二首

鹤伴前溪栽白杏，人来阴洞写枯松。
萝深境静日欲落，石上未眠闻远钟。

佳句成来谁不伏，神丹偷去亦须防。
风前莫怪携诗橐，本是吴吟荡桨郎。

怀鹿门县名离合二首

皮日休

山瘦更培秋后桂，溪澄闲数晚来鱼。
台前过雁盈千百，泉石无情不寄书。
（桂溪、鱼台、百泉均县名，下仿此。）

十里松萝阴乱石，门前幽事雨来新。
野霜浓处怜残菊，潭上花开不见人。

和袭美怀鹿门县名离合二首

陆龟蒙

云容覆枕无非白，水色侵矶直是蓝。

田种紫芝餐可寿，春来何事恋江南。

竹溪深处猿同宿，松阁秋来客共登。

封径古苔侵石鹿，城中谁解访山僧。

皮日休《杂体诗序》曰："噫，由古至律，由律至杂，诗之道尽乎此也。"诗至晚唐，已属强弩之末，皮、陆喜为杂体诗，殆欲于诗界中别标一帜者。离合诗、药名诗、县名诗，均为杂体。六朝人作药名、县名诗，均嵌其名于一句中，皮、陆以与离合相杂，自成一体，斯又欲于模拟中出新意者也。徐师曾《诗体明辨》曰："按离合诗有四体：其一，离一字偏旁为两句，而四句凑合为一字，如'鲁国孔融文举'是也。其二，亦离一字偏旁为两句，而六句凑合为一字，如《别字诗》（谢灵运作，见前引）是也。其三，离一字偏旁于一句之首尾，如《松间斝》《饮岩泉》《砌思步》是也。其四，不离偏旁，但以一物二字，离于一句之首尾，而首尾相续为一物，如《药名离合》是也。"

赵宋以降，其体式微，惟东坡《砚盖离合》，颇称简妙，兹录而殿之，以为嗣音焉。

砚盖离合

苏　轼

砚石犹在，岘山已颓，

姜女既去，孟子不来。

案：首二句或作"砚犹有石，岘更无山"。

附案：昔人每以离合泛称析字，本篇论述，则以严格之离合诗为限，仅于溯源时涉及广义之析字焉。

（原载《国文月刊》第七十九期）

神弦歌考

　　《神弦歌》系"祭祀神祇，弦歌以娱神之曲"（王琦《李长吉歌诗汇解·神弦歌》注）；共计十一题，十八曲，是清商曲中分量很少的一部。"以歌中青溪、白石及赤山湖等地名考之，知其发生仍不离建业左右。"（萧涤非《汉魏六朝乐府文学史》五编二章）郭茂倩曾说吴声歌曲起于建业，《神弦歌》也产生于建业一带，故我们不妨说《神弦歌》是吴声歌曲的一道分支，故《乐府诗集》（卷四七）即把《神弦歌》放在吴声歌曲末尾；但因它内容专门颂述神祇，与吴声之为普通风谣者有异，所以自成一部。再从形式上讲，二者也不尽相同，《神弦歌》句式比较参差，具有三言、四言、五言、六言各种句式，每首也不必四句，不像吴声歌曲那样每首大抵为五言四句。

《神弦歌》在清商曲中的性质和风格，正仿佛《楚辞》中的《九歌》，二者都是巫觋祀神的乐曲。但《神弦歌》所祭祀的，并非东皇、云中君、司命、河伯一类大神，却只是一些地方性的杂鬼怪。《隋书》（卷三一）《地理志》（下）称扬州"其俗信鬼神，好淫祀"。江南的淫祠，据史籍记载，汉魏时代就已颇为盛行，祀神时也少不了有弦歌伴随，这或者正是楚、越巫风之遗罢。

《后汉书·第五伦传》："会稽俗多淫祠，好卜筮。民常以牛祭神，百姓财产，以之困匮。其自食牛肉而不以荐祠者，发病且死，先为牛鸣。前后郡将莫敢禁。"

同上《栾巴传》："巴再迁豫章太守，郡土多山川鬼怪，小人常破资产以祈祷。巴素有道术，能役鬼神；乃悉毁坏房祀，剪理奸巫，于是妖异自消。"

同上《列女传》："孝女曹娥者，会稽上虞人也。父盱，能弦歌为巫祝。"邯郸淳《曹娥碑》："盱能抚节安歌，婆娑乐神。"

《吴志·孙皓传》注引《江表传》："历阳县有石山，临水，高百丈，俗相传谓之石印。下有祠屋，巫祝言石印神有三郎。三郎说天下方太平。皓重遣使以印绶拜三郎为王，又刻石立铭，褒赞灵德，以答休祥。"（节录）

石印三郎同《神弦歌》中的白石郎，是相类的鬼怪罢。《神弦歌》的起源，也很悠久。《宋书》（卷一九）《乐志》说：

> 世咸传吴朝无雅乐，案孙皓迎父丧明陵，唯云倡伎昼夜不息，则无金石登歌可知矣。何承天曰：或云今之《神弦》，孙氏以为宗庙登歌也。

吴无雅乐，固不可信（《宋志》有辨）；但由此段记载，可知《神弦歌》在孙吴时代，已经出现，而且其信仰已由民间及于贵族上层阶级了。孙皓迎父丧的仪式，委实充满了巫觋的气氛。

《建康实录》（卷四）："（孙皓）甘露二年冬十月，遣守丞相孟仁、太常姚信等，备官寮中军步骑二千人，以灵舆法驾东迎神于明陵，引见仁等，亲拜送于庭。十二月，仁奉灵舆法驾至，后主遣中使日夜相继，奉问神灵起居动止。巫言见文帝被服颜色如平生，后主悲泣。悉诏公卿诣阙，赐各有差。使丞相陆凯奉三牲祭于近郊。后主于金城门外露宿，明日望拜于东阁。翌日拜庙荐祭，欷歔悲感。比至七日三祭，倡伎昼夜娱乐。有司奏：夫祭不欲数，数则渎，宜以礼断情。乃止。"

所谓"倡伎昼夜娱乐"，想来一定包括《神弦歌》在内的。

由于政治局势的纷乱，宗教思想的流行，六朝人士的迷信观念特别浓厚。崇尚淫祀的风气，更弥漫了整个社会的各阶层。这期间，统治阶级更起着积极的倡导作用；虽有少数帝王下令禁止淫祠，但并不能收到多大效果。《宋书·礼志》（卷四）称晋武帝"泰始元年十二月，诏曰：末代信道不笃，僭礼渎神，纵欲祈请，妖妄相扇，舍正为邪，故魏朝疾之。其按旧礼，具为之制。使功著于人者，必有其报，而妖淫之鬼，不乱其间"。下了禁止淫祠的诏令，但至"晋穆帝升平中，何琦论修五岳祠曰……今非典之祠，可谓非一。考其正名，则淫昏之鬼；推其糜费，则四民之蠹。可俱依法令，先去其甚"（《宋书》同上）。可见晋代淫祠，依然勿衰哩！《宋书·礼志》（卷四）又说："宋武帝永初二年，普禁淫祀，由是蒋子文祠以下，普皆毁绝。孝武孝建初，更修起蒋山祠，所在山川，渐皆修复。明帝立九州庙于鸡笼山，大聚群神。……宋代四方诸神，咸加爵秩。"宋武的一番成绩，正如昙花一现，不旋踵而消灭了。《陈书》（卷六）《后主纪》说："太建十四年正月丁巳，后主即皇帝位。夏四月庚子，诏曰：僧尼道士挟邪左道不依经律，民间淫祀袄书诸珍怪事，详为条制，并皆禁绝。"而《陈书》（卷七）《张贵妃传》却称贵妃"好厌魅之术，假鬼道以惑后主，置淫祠于宫中，聚诸妖巫，使之鼓舞"。又完全破坏了自家的法令。

《宋书》（卷八二）《周朗传》记朗于孝武帝时上书指斥当时的淫祀道："凡鬼道惑众，妖巫破俗，触木而言怪者不可数，寓采而称神者非可算。……凡一苑始立，一神初兴，淫风辄以之而甚。今修堤以北，置园百里，峻山以右，居灵十房，糜财败俗，其可称限？"观此，可知当时统治阶级的迷信风气对整个社会是起着如何巨大的破坏作用！我们读六朝人的笔记小说，发现许许多多的神怪故事，便会明白在统治阶级的倡导之下，整个社会的迷信空气是如何浓重！而《神弦歌》便是在这样的社会中产生的巫觋祀神之乐曲。

现在，让我们来考察一下《神弦》各曲的歌词，它所祀的又是些怎么样的神道。

（1）宿阿曲

　　　　苏林开天门，赵尊闭地户；

　　　　神灵亦道同，真官今来下。

苏林是一位著名的神仙。《云笈七签》（卷一〇四）有周季通的
《玄洲上卿苏君传》，记载他的事迹甚详，现在撮要抄在下面：

　　先师姓苏，讳林，字子玄，濮阳曲水人也。少禀异操，
独逸无伦，访真之志，与日弥笃。师事赵师琴高先生、华山
仙人仇先生、涓子真人，谨奉法术。施行道成，周观天下，
游眷名山，分形散影，寝息丹陵，卖履市巷，丑形试真，得意
而栖，遁化不伦，时人莫之识也。以汉元帝神爵二年三月六
日，告季通曰："我昨被玄洲召，为真命上卿，领太极中侯大
夫，与汝别。"比明旦，有云车羽盖，骖龙驾虎，侍从数千人，
迎林。即日登天，冉冉西化而去。良久，云气覆之，遂绝。

《太平御览》（卷六六一）所引苏林传的记载，甚为简短，此处从略。① 苏林既被召为玄洲真命上卿，居住天上，"开天门"或许是他的职守罢。

掌关闭地户的赵尊，是道教中的另一位神仙。《魏书》（卷一一四）《释老志》说：

> 泰常八年十月戊戌，有牧土上师李谱文来临嵩岳。……牧土上师李君手笔有数篇，其余皆正真书曹赵道覆所书。……又言二仪之间，有三十六天，中有三十宫，宫有一主。最高者无极至尊，次曰大至真尊，次天覆地载阴阳真尊，次洪正真尊，姓赵名道隐，以殷时得道，牧土之师也。

所谓洪正真尊赵道隐，当即为《宿阿曲》的赵尊；赵道隐既然为牧土之师，"闭地户"自是他的职务了。《魏书·释老志》记载李谱文授仙篆于寇谦之，志中述及的神道自李谱文以至无极至尊、洪正真尊等名目，不见其他道书，疑即为谦之所杜撰。

---

① 《御览》卷六六二引葛洪《神仙传》曰："苏仙公，名林，字子元，周武王时人也。家濮阳曲水。……"但今本《神仙传》则曰："苏仙公者，桂阳人也。汉文帝时得道。……"下记事与《御览》引文略同。今本不以苏仙公名林，且为桂阳人而非濮阳人。按《广记》卷一三引《神仙传》同今本，又引《洞仙传》记桂阳苏仙公名耽，《御览》引文殆误。

《宿阿曲》的产生时代，应当在赵尊的信仰普遍以后；按北魏明元帝泰常八年，当刘宋少帝景平元年（423），则《宿阿曲》的出现，至早当在刘宋中叶吧。

陶弘景《洞玄灵宝真灵位业图》第一位末尾说："右玉清境……不与下界相关。自九宫已上，上清已下，高真仙官，皆得朝宴焉。"《宿阿曲》末句云："真官今来下。"真官当就是天上的"高真仙官"了。"宿阿"曲名不可解，审其文意，当是道士祭祀时的一首迎神曲：当那大神苏林把天门开启后，那些居住天上的神灵真官便都下来赴祭了。

（2）道君曲

中庭有树自语，梧桐推枝布叶。

《登隐真诀》曰："三清九宫，并有僚属，其高总称曰道君，次真人、真公、真卿。"（《御览》卷六六二引）可见"道君"是道士对神仙的一种尊称。《真灵位业图》第一位中即有"上合虚皇道君""五灵七明混生高上道君"等十七位道君。也有单称"道君"的，如《真灵位业图》（第六右位地仙散位）云：

"陈仲林、道君、赵叔道，三人盖竹山中真人。"《老子中经》（第五神仙）云："道君者一也，皇天上帝中极北辰中央星是也。"（《云笈七签》卷一八）但这里的"道君"，恐怕不是被道士崇奉的什么道君，而是一位被民间淫祀的梧桐树神。祖台之《志怪》载有一则梧桐树妖的故事，很有趣味。

> 骞保至檀丘坞，上北楼宿。暮鼓二中，有人着黄练单衣白袷，将人持炬火上楼。保惧，藏壁中。须臾有二婢上，使婢迎一女子上，与白袷人入帐中宿。未明，白袷人辄先去，如此四五宿。后向晨，白袷人才去，保因入帐中，持女子问：向去者谁？答曰：桐侯郎，道东庙树是也。至暮鼓二中，桐郎来，保乃斫取之，缚着楼柱。明日视之，形如人，长三尺余。槛送诣丞相，渡江未半，风浪起，桐郎得投入水，风浪乃息。（《御览》卷九五六引）

"道君"许是仿佛桐侯郎的树神罢。

（3）圣郎曲

左亦不佯佯，右亦不翼翼。

仙人在郎傍，玉女在郎侧。

酒无沙糖味，为他通颜色。

"圣郎"的"圣"，也是民间对杂鬼神的习用称呼，六朝时杂鬼神被唤作"圣"的也不乏其例。

《南史》（卷五一）《萧昂传》："昂为琅邪、彭城二郡太守，时有女子年二十许，散发黄衣，在武窟山石室中，无所修行，唯不甚食。……人呼为圣姑，就求子，往往有效。造者充满山谷。"

刘之遴《神录》："广陵县女杜美，有道术。县以为妖，桎梏之，忽变形，莫知所之。因以其处为立庙，曰东陵，号圣母。"（《太平寰宇记》卷九三引）

圣郎当是与此相类的角色，不过是男性罢了。仙人、玉女，也许是陪伴圣郎的女神，也许是祭祀时娱神的女巫。《晋书》（卷九四）《夏统传》于祀神的女巫，曾有一段细腻的描叙：

统从父敬，宁祠先人，迎女巫章丹、陈珠，二人并有国色，庄服甚丽，善歌儛，又能隐形匿影。甲夜之初，撞钟击鼓，间以丝竹。丹、珠乃拔刀破舌，吞刀吐火，云雾杳冥，流光电发。统诸从兄弟欲往观之，难统，于是共绐之曰："从父间疾病得瘳，大小以为喜庆，欲因其祭祀，并往贺之，卿可俱行乎？"统从之。入门，忽见丹、珠在中庭，轻步徊儛，灵谈鬼笑，飞触挑枰，酬酢翩翻。统惊愕而走，不由门，破藩直出。

从这里，我们看到当日巫觋弦歌娱神的景象是怎么样的。

（4）娇女诗

北游临河海，遥望中菰菱，
芙蓉发盛华，渌水清且澄。
弦歌奏声节，仿佛有余音。

蹀躞越桥上，河水东西流。
上有神仙居，下有西流鱼，

156

行不独自去^①，三三两两俱。

《龙鱼河图》说："发神名寿长，耳神名娇女，目神名珠映，鼻神名勇卢，齿神名丹朱。夜卧呼之，有患亦便；呼之九过，恶鬼自却。"（《御览》卷八八一引）《云笈七签》（卷一一）《上清黄庭内景经·黄庭章》（第四）曰："娇女窈窕翳霄晖。"注："娇女，耳神名，言耳聪朗彻明，掩玄晖也。"这里的娇女，看来不像耳神，怕是别一位水滨女鬼。

（5）白石郎曲

    白石郎，临江居，前导江伯后从鱼。

    积石如玉，列松如翠，郎艳独绝，世无其二。

白石系地名，在建业附近。《读史方舆纪要》（卷二〇）云："白石城在江宁府治北十四里。《舆地志》：即江乘废县之白石

---

① 此三句《乐府诗集》作"上有神仙，下有西流鱼，行不独自"，此从《古诗纪》。

垒也。"《晋书·苏峻传》："温峤等既到，乃筑垒于白石。峻率众攻之，几至陷没。"盖即其处。考干宝《搜神记》（卷九）云：

> 庾亮字文康，鄢陵人，镇荆州，登厕，忽见厕中一物，如方相，两眼尽赤，身有光耀，渐渐从土中出。乃攘臂以拳击之，应手有声，缩入地。因而寝疾。术士戴洋曰：昔苏峻事，公于白石祠中祈福，许赛其牛，从来未解，故为此鬼所考，不可救也。明年亮果亡。

庾亮于白石祠中所祀的神道，想来就是这里的白石郎了。

（6）青溪小姑曲

> 开门白水，侧近桥梁，
>
> 小姑所居，独处无郎。

青溪为建业著名水道之一。《六朝事迹编类·江河门》说："《建康实录》：吴赤乌四年冬，凿东渠，名为青溪。《寰宇记》云：青溪在县东六里，阔五丈，深八尺，以泄真武湖水。《舆地志》

云：青溪发源钟山，入于淮（秦淮），连绵十余里。溪口有埭，埭侧有神祠曰青溪姑。"按歌词云："开门白水，侧近桥梁。"白水当即是青溪了。娇女和青溪小姑的神庙旁都有桥梁，或系便利一般人膜拜而设的吧。

《神弦歌》所祀的神鬼，往往与民间男女发生恋爱，青溪小姑尤多此种情形。现在将六朝笔记小说中关于她的记述，钞在下面。

《幽明录》："刘琼善弹琴，忽得困病。许逊曰：近见蒋家女鬼相录，在山石间，专使弹琴作乐，恐欲致灾也。琼曰：吾常梦见女子将吾宴戏，恐必不免。逊笑曰：蒋姑相爱重，恐不能相放耳；已为诔之，今去当无患也。琼渐差。"（《御览》卷五七七引）

《异苑》（卷五）："青溪小姑庙，云是蒋侯第三妹。庙中有大榖扶疏，鸟尝产育其上。晋太元中，陈郡谢庆，执弹乘马，缴杀数头，即觉体中栗然；至夜梦一女子，衣裳楚楚，怒云：此鸟是我所养，何故见侵？经日谢卒。庆名奂，灵运父也。"

《搜神后记》（卷五）："晋太康中，谢家沙门竺昙遂，年二十余，白皙端正，流俗（《广记》二九四引作"落"）沙门。常行经清溪庙前过，因入庙中看。暮归，梦一妇人来语云：君当作我庙中神，不复久。昙遂梦问妇人是谁，妇人云：我是清溪庙中姑。如此一月许，便病死。（下略）"

《续齐谐记》："会稽赵文韶，为东宫扶侍，坐清溪中桥，与尚书王叔卿家隔一巷，相去二百步许。秋夜嘉月，怅然思归，倚门唱《西夜乌飞》①，其声甚哀怨。忽有青衣婢，年十五六，前曰：王家娘子白扶侍，闻君歌声，有门人②。逐月游戏，遣相闻耳。时未息，文韶不之疑，委曲答之。亟邀相过。须臾女到，年十八九，行步容色可怜，犹将两婢自随。问家在何处，举手指王尚书宅曰：是，闻君歌声，故来相诣，岂能为一曲邪？文韶即为歌《草生盘石》③，音韵清畅，又深会女心。乃曰：但令有瓶，何患不得水？顾谓婢子：还取箜篌，为扶持鼓之。须臾至，女为酌两三弹，泠泠更增楚绝。乃令婢子歌《繁霜》，自解裙带系箜篌腰，叩之以倚歌。歌曰：'日暮风吹，叶落依枝，丹心寸意，愁君未知！''歌《繁

---

① 当作《西乌夜飞》。按《西乌夜飞曲》，宋元徽中沈攸之所制，此时尚未有。或者民间早有此歌，攸之改制成乐曲，正像宋随王刘诞据民歌制《襄阳乐》那样。

② 曾慥《类说》卷六引此句作"有关人者"，《乐府诗集》卷四七引文作"有悦人者"。

③ 《乐府诗集》引文"石"下有"下"字。

霜》，侵晓幕，何意空相守，坐待繁霜落！'歌阕，夜已久，遂相伫燕寝，竟四更别去。脱金簪以赠文韶，文韶亦答以银碗、白琉璃匕各一枚。既明，文韶出，偶至清溪庙歇，神座上见碗，甚疑而委悉之，屏风后则琉璃匕在焉，箜篌带缚如故。祠庙中惟女姑神像，青衣婢立在前。细视之，皆夜所见者，于是遂绝。当宋元嘉五年也。"（《说郛》卷一一五）①

青溪小姑在六朝特别著名，主要原因由于她是当时鼎鼎大名的蒋侯神的"三妹"（《异苑》）。据《搜神记》（卷五），蒋侯名子文，汉末为秣陵尉，逐贼至钟山下，伤额而死。孙吴时显神，大帝乃"封子文为中都侯，为立庙堂，转号钟山为蒋山"。自后各代贵族，均极崇奉。"宋代稍加爵位至相国大都督中外诸军事，加殊礼钟山王。"（《宋书·礼志》卷四）"又沈约自撰之《赛蒋山庙文》云：'仰惟大王，年逾二百，世兼四代。'是知蒋侯实为当时群神之冠冕，南齐东昏并尝封蒋侯为帝，青溪小姑既为蒋侯之妹，自为人所乐道矣。"（《汉魏六朝乐府文学史》五编二章）

---

① 此《续齐谐记》原文，较《乐府诗集》引文为详。此本《续齐谐记》，下有短跋，题"至元甲子吴郡陆友记"。《顾氏文房小说》《古今逸史》《汉魏丛书》等并用此本。

（7）湖就姑曲

　　赤山湖就头，孟阳二三月，绿蔽贲苻薮。

　　湖就赤山矶，大姑大^①湖东，仲姑居湖西。

　　《元和郡县图志》（卷二五）说："赤山湖，在句容县南三十五里。"湖就姑当是赤山湖畔的两位姊妹神。

（8）姑恩曲

　　　　明姑遵八风，蕃霭云日中，
　　　　前导陆离兽，后从朱鸟麟凤凰。

　　　　苕苕山头柏，冬夏叶不衰，
　　　　独当被天恩，枝叶华葳蕤。

---

① 　"大"字《古今图书集成·神异典》卷四〇《杂鬼神部·艺文》（二）作"居。"

这位"蕃谒云日中"的女神，大约是太阳女神，所以名字唤作"明姑"。题名《姑恩曲》，当从次首"独当被天恩"句而来；所谓"天恩"，实在就是"姑恩"，"天"是对明姑的敬称。

（9）采莲童曲

泛舟采菱叶，过摘芙蓉花，
扣楫命童侣，齐声采莲歌。

东湖扶菰童，西湖采菱芰，
不持歌作乐，为持解愁思。

（10）明下童曲

走马上前阪，石子弹马蹄，
不惜弹马蹄，但惜马上儿。

陈孔骄赭白，陆郎乘斑骓，
徘徊射堂头，望门不欲归。

"陈孔"疑是"陈郎"之误，"明下童"的含义不可解。采莲童、明下童恐怕不是什么神道，而为祭祀仪式中的表现者；在水中，在陆上，他们各各以特殊的技艺扮演给神祇欣赏。

（11）同生曲

> 人生不满百，常怀千岁忧，
> 早知人命促，秉烛夜行游。
>
> 岁月如流迈，行已及素秋，
> 蟋蟀鸣空堂，感怅令人忧。

"同生"含义不可解，这两曲恐怕不是颂述哪一位神道，而是当作送神曲用的。我们推想，《神弦歌》十一题是一整套的娱神乐曲。《宿阿曲》如上面所说，是一首道士的迎神曲，南朝巫觋本与道家合流（详下），所以这里借用为迎接杂鬼神的乐曲。之后，道君啊，圣郎啊，娇女啊……都被一个个地请来了；现在，一一都祭奠完毕了，戏也一一表演过了，神灵们一一都要回去了。"《同生》二曲，一取《古诗十九首》，一取《子夜变曲》。"（《乐府正义》卷一〇）《子夜变歌》是游曲之一，性质本近于"送声"一类（参看《吴声西曲杂考·子夜变曲考》节），这里借来派作送神之用了。《乐府诗集》（卷四七）于《神弦歌》之下，录有唐代王维的《祠鱼山神女歌》、王叡的《祠神歌》，二者都分迎神、送神两曲，我们把《宿阿》《同生》，定作《神弦》的迎送曲，或许不会错吧。

十一题中，自道君以下，除明姑外，大抵都是些地方性的杂鬼怪。《宿阿曲》中的苏林和赵尊，则是两位道教中的大神。道教，特别是天师道（五斗米道），同巫觋的关系一向是很密切的。《后汉书·灵帝纪》说："中平元年秋七月，巴郡妖巫张修反，寇郡县。"注引刘艾《纪》曰："时巴郡巫人张修疗病，愈者雇以五斗米，号为五斗米师。"五斗米道的创始人张修原是一位妖巫。《宋书》（卷九九）《元凶劭传》说："有女巫严道育，本吴兴人，自言通灵，能役使鬼物。……始兴王濬与劭并多过失，虑上知，使道育祈请，欲令过不上闻。道育辄云：自上天陈请，必不泄露。劭等敬事，号曰天师。"严道育号称天师，自必与天师道有关。[1] 北周甄鸾《笑道论》（第二十二

---

① 参考陈寅恪先生《天师道与滨海地域之关系》一文第五节（《中央研究院历史语言研究所集刊》第三本四份）。

戒木枯死条）说："又案三张之术，畏鬼科曰：左佩太极章，右佩昆吾铁，指日则停空，拟鬼千里血。又造黄神越章杀鬼，朱章杀人。或为涂炭斋者，黄土泥面，驴辗泥中；悬头着柱，打拍使熟。自晋义熙中，道士王公期除打拍法，而陆修静犹以黄土泥额，反缚悬头，如此淫祀，众望同笑。"（《广弘明集》卷九）从这里，可知当时道士之法术，仍与巫觋相去不远。① 道教既与巫觋淫祀的关系如此密切，《神弦歌》借用道士的迎神曲来迎接杂鬼怪，就无足怪了。

《笑道论》（同上条）又讥道士诅文，"词义无取，有同俗巫解奏之曲，何期大道？"我颇疑《神弦歌》即是"俗巫解奏之曲"一类东西。如上面所述，白石郎、青溪小姑等都是善于作祟的鬼怪，我们推想当时江南一带人民患病之后，必定会害怕着这些小鬼怪，而延请了巫觋来为他们禳解的。巫觋们请来了这些小鬼怪，用弦歌来娱乐他们一番，再请他们好好回去，不要作祟，这或许便是《神弦歌》的用途吧。

上边我们说过，《神弦歌》仿佛《楚辞》的《九歌》，二者都是巫觋祠神的乐曲；但《九歌》所祀的系天地山川的大神，

---

① 参考陈国符先生《道藏源流考》附录"天师道与巫觋有关"条。

《神弦》所祀的却多数是地方性的杂鬼怪。正由于《神弦歌》所祀的是比较渺小的神道，他们的威严也小，因此也更易与人站在平等的地位，以致发生了不少神人恋爱的传说。《乐府正义》（卷一〇）说："《白石曲》云：'郎艳独绝，世无其二。'女悦男鬼。《青溪曲》曰：'小姑所居，独处无郎。'男悦女鬼。"《神弦歌》歌词写男女关系相当大胆，固然是当时整个社会风气的一种表现，但对象的平等化，也是不应忽视的事吧。

刘宋王室与吴声西曲的发展

　　六朝通俗乐曲清商曲辞，以吴声歌曲、西曲歌（简称吴声、西曲）两大类构成其主要部分。六朝清商曲辞，发轫于东晋初年，东晋后期、宋、齐时代为其繁荣昌盛期，梁、陈则属尾声阶段。东晋后期是第一个高潮期，不少著名的吴声如《子夜歌》《碧玉歌》《桃叶歌》《团扇郎歌》等产生于此期。刘宋时代是第二个高潮期，吴声又产生了若干著名曲调，如《丁督护歌》《读曲歌》，一些原有曲调歌辞又有所增益；同时西曲开始产生并得到发展，产生了《石城乐》《乌夜啼》《襄阳乐》《西乌夜飞》等著名曲调。从吴声、西曲两部分乐曲同时繁荣发展来说，刘宋时代可说是吴声、西曲的黄金时代。至南齐时代，吴声已基本停止新创，西曲则有部分新创，总的情况已不及刘宋时代昌盛。

吴声、西曲在刘宋时代的繁荣昌盛，与刘宋帝皇、宗室的提倡有莫大的关系。据《宋书·武帝纪》记载，刘裕祖先刘混于东晋时代从彭城县（今徐州市）南迁，移家晋陵郡丹徒县之京口里。其地今属镇江市，南京、镇江一带，为吴声的中心发展区。《南史·武帝纪》说刘裕不解音乐，"后庭无纨绮丝竹之音"，平时生活"清简寡欲"。但其子孙长期生活在这一地区，又贵为帝皇宗室，物质生活优裕，情况自会起很大变化，在当时贵族普遍爱好通俗乐曲的风气中，其中一部分人就成为吴声、西曲的提倡与制作者。再则，刘裕出身寒贱，由一介武夫而逐步篡登王位，其家族人员缺少深厚的传统文化教养，在艺术方面自更容易喜爱通俗的民间乐曲。下面将这些提倡者、制作者的情况分条介绍与分析。

一　宋少帝与《前溪歌》《懊侬歌》等

宋少帝刘义符，为刘裕长子。他生活荒淫无度，《宋书·少帝纪》称他被废时，"于华林园为列肆，亲自酤卖。又开渎聚土，以象破冈埭，与左右引船唱呼，以为欢乐。夕游天渊池，即龙舟而寝"。他嗜好通俗乐曲，《宋书·少帝纪》称他"解音律"，景平二年他因多过失被废，皇太后下令数其罪恶，中有曰："征召乐府，鸠集伶官，优倡管弦，靡不备奏。"当时武帝尚未殡葬，管弦是通俗乐曲所用的丝竹乐器。他曾制作吴声《前溪歌》若干首。北宋初期乐史《太平寰宇记》卷九四曰：

> 前溪者，古永安县前之溪也。今德清县有后溪。晋时邑人沈充家于此溪，乐府有《前溪曲》，则充之所制。其词云："当曙与未曙，百鸟啼匆匆。"后宋少帝续为七曲，其一曲曰："忧思出门户，逢郎前溪度。莫作流水心，引新多舍故。"

其后北宋中期湖州摄长史左文质《吴兴统纪》也有如此记载，当系沿袭《寰宇记》之文。左书今佚，南宋谈钥《嘉泰吴兴志》曾转引其文。谈书卷二〇物产"葛"部分有曰："宋少帝《前溪曲》：黄葛生烂熳，谁能断葛根？宁断娇儿乳，不断郎殷勤。"郭茂倩《乐府诗集》卷四五著录《前溪歌》七首，书首总目录署作"无名氏"。上引乐史、谈钥二书所引"忧思""黄葛"二诗,正在其中,可证此七首《前溪歌》即系宋少帝所作(或令其手下文士所作)。乐史、谈钥均为宋代人士,左文质、谈钥编纂《前溪歌》原创地所在的湖州地方志书,所言当必有据。《乐府诗集》的清商曲辞解题,大抵引证《古今乐录》与正史音乐志一类音乐典籍,不注意引证有关地方志,故署此七诗为"无名氏"。

宋少帝更写作了吴声《懊侬歌》。《乐府诗集》卷四六《懊侬歌》题解有曰:"《古今乐录》曰:'《懊侬歌》者,晋石崇绿珠所作,唯"丝布涩难缝"一曲而已。后皆隆安(晋安帝年号)初民间讹谣之曲。宋少帝更制新歌三十六首。……'"《乐康诗集》著录《懊侬歌》十四首,不署作者名氏。其中第一首即为石崇、绿珠所作的"丝布涩难缝"篇,其他十三首中,当即有宋少帝所制的新歌。又《乐府诗集》卷四六于《懊侬歌》下文,列有《华山畿》曲二十五首,不署作者名氏。该曲起源于宋少帝时南徐一士子与一客舍女子双双情死的爱情悲剧。《乐府诗集》引《古今乐录》有曰:"《华山畿》者,宋少帝时《懊恼》(与《懊侬》声近相通)一曲,亦变曲也。"《华山畿》歌词十五首,其中第一首"华山畿,君既为侬死"一篇,为客舍女子所歌唱，当属原创之作；其他十四首也有可能是宋少帝把该歌采入乐府而写作的新词。据《乐府诗集》，《懊侬歌》无名氏作有十三首，《懊侬》变曲《华山畿》无名氏作有十四首，共计二十七首，《古今乐录》说宋少帝制《懊侬》新歌三十六首，或许这二十七首均为宋少帝所作，包括《懊侬歌》及其变曲《华山畿》歌辞，也未可知。

二　宋孝武帝与《丁督护歌》《子夜四时歌》等

宋孝武帝刘骏，为文帝（义隆）第三子。他生活奢侈，嗜好酒色与通俗音乐，荒淫无度，又严酷残暴。据《宋书》《南史》等记载，孝武大明年间，拆坏宋武帝所居阴室，"于其处起玉烛殿，与群臣观之。床头有土鄣，壁上挂葛灯笼、麻绳拂。侍中袁觊盛称上（指宋武帝）俭素之德。孝武不答，独曰：田舍公得此，已为过矣"（《宋书·武帝纪》）。又与其叔父"义宣诸女淫乱"（《南史·刘义宣传》）。他所宠幸的殷贵妃，即是义宣之女。即此二例，可见其生活、思想状况。

孝武帝作有吴声《丁督护歌》五首。《乐府诗集》卷四五署作"宋武帝"，而《玉台新咏》卷一〇，选有《丁督护歌》二首，却署作"宋孝武帝"（二首中第一首"督护北征去"篇《乐府诗集》署"宋武帝"，第二首"黄河流无极"篇《乐府诗集》署作"王金珠"）。按此《丁督护歌》五首，应从《玉台新咏》为孝武帝所作，据上文所述，宋武帝生活简朴，不解声乐，根本不可能制作吴声乐曲；而孝武则是俗乐的嗜好者。武帝、孝武帝仅一字之差，容易混淆。《宋书·乐志》叙述《丁督护歌》缘起，不提作者。《乐府诗集》署作"宋武帝"所作，乃沿袭《旧唐书·音乐志》之误，未及详考。关于《丁督护歌》的创制缘起，有一段故事。《宋书·乐志》曰：

> 《督护歌》者，彭城内史徐逵之为鲁轨所杀，宋高祖使府内直督护丁旿收敛殡瘗之。逵之妻，高祖长女也，呼旿至阁下，自问敛送之事。每问，辄叹息曰：丁督护！其声哀切，后人因其声广其曲焉。

此事《宋书》的《武帝纪》《徐湛之传》均有记载。晋安帝义熙十一年，雍州刺史鲁宗之等举兵反对刘裕，刘裕很器重其婿徐逵之，令他率军西讨，事成后将加重用，结果兵败被杀。刘裕长女会稽公主的"丁督护"哀叹声，当是使用吴地语音，声调哀切，故被后人采用为乐曲的和声制成《丁督护歌》吴声乐曲①。孝武帝为人残忍，曾杀其叔父义宣与兄弟四人，"丁督护"本是他姑母悲痛丈夫战殁的哀叹声，却被他用来制成娱乐性的乐曲，也是不难理解的。

除《丁督护歌》外，我推测孝武帝曾参与《子夜四时歌》的制作。《乐府诗集》卷四四著录《子夜四时歌》七十五首，其中春歌、夏歌各二十首，秋歌十八首，冬歌十七首，统署为"晋宋齐辞"，可见包含有刘宋时代作品。《乐府诗集》于《子夜歌》四十二首下亦署作"晋宋齐辞"，可见《子夜歌》《子夜四时歌》二者都是晋、宋、齐三代人的集体作品。《子夜四时歌》是东晋《子夜歌》流行影响下的变曲，《乐府解题》称为"后人更为四时行乐之词"。典籍虽然没有孝武制作《子夜四时歌》的记载，但有一些间接材料值得重视。一是孝武尝为其臣僚王玄谟作《四时诗》一首，诗云："堇茹供春膳，粟浆充夏餐。炰酱调秋菜，白醛解冬寒。"此诗一首四句，每句分咏四时情况，虽与《子夜四时歌》每首五言四句专咏一季者有异，

---

① 参考王运熙《论六朝清商曲中之和送声》。

但着眼于咏四时则相同，可见孝武对此类诗有兴趣。二是鲍照有《中兴歌》十首，系歌颂孝武帝之作，《乐府诗集》卷八六收入杂歌谣辞。十诗亦分咏四季景色，有"千冬逢一春""分随秋光没"等句。孝武讨平元凶劭弑父（文帝）自立之乱，故称为"中兴"。据《宋书·孝武帝纪》载，元嘉三十年，元凶劭弑文帝，孝武率众人讨。"四月戊辰，上至于新亭。己巳，即皇帝位。……壬申，改新亭为中兴亭。"可证。鲍照的《中兴歌》十首当是迎合孝武的喜好而写作的。《中兴歌》第九云："襄阳是小地，寿阳非帝城，今日《中兴乐》，遥冶在上京。"诗中"襄阳""寿阳"指宋南平穆王刘铄、随王刘诞二人分别于元嘉二十二年、元嘉二十六年所制作的《襄阳乐》《寿阳乐》。《中兴歌》其九意谓《襄阳乐》《寿阳乐》均属地区郡王所制，不及《中兴歌》乃歌颂中央朝廷之作。一说《中兴歌》乃歌颂宋文帝之作。按文帝元嘉共三十年，《中兴歌》写作当在元嘉二十六年之后，于文帝晚年歌颂其中兴功业，恐与情理不可通。由上二证，间接推论《子夜四时歌》七十五首中或有孝武帝作品（或令其臣僚写作），还是很有可能的。

又吴声中有神弦歌十一题十八曲，都是祭祀建康一带的杂鬼神、弦歌以娱神之曲。我在《神弦歌考》一文中，考证第一曲《宿阿曲》中提到的赵尊，是一位道教信仰的神道。《宿阿曲》的产生时代，应当在赵尊的信仰普遍以后，即宋少帝景平元年（423）之后。又《宋书·礼志》载："宋武帝永初二年，普禁淫祀，由是蒋子文祠以下，普皆毁绝。孝武孝建初，更修起蒋山祠，所在山川，渐皆修复。明帝立九州庙于鸡笼山，大聚群神。"蒋子文是当时著名的钟山神，神弦歌中《青溪小姑曲》所祀的青溪小姑，相传为蒋子文的三妹。据上引《宋书·礼志》，宋武帝禁绝的淫祀，至孝武帝时"渐皆修复"，推测起来，神弦歌十八曲中很可能也有孝武帝的作品。

此外，孝武帝尚有《自君之出矣》五言四句一首，属乐府杂曲歌辞，亦是通俗性歌曲。总之，我认为孝武帝在通俗歌曲（特别是吴声）的发展中，起了不小的作用。

三 刘义康、宋百官与《读曲歌》

《读曲歌》是吴声中的一个重要曲调。现存南朝无名氏歌词八十九首，其数量在吴声中位居首位，其次才是《子夜四时歌》《子夜歌》。《读曲歌》的起源，有两种说法。《乐府诗集》

卷四六《读曲歌》题解曰：

> 《宋书·乐志》曰："《读曲歌》者，民间为彭城王义康所作也。其歌云'死罪刘领军，误杀刘第四'是也。"《古今乐录》曰："《读曲歌》者，元嘉十七年袁后崩，百官不敢作声歌，或因酒宴，止窃声读曲细吟而已。以此为名。"按义康被徙，亦是十七年。

《宋书·乐志》认为《读曲歌》是民间为彭城王义康所作。两句歌词中"刘领军"指领军将军刘湛；"刘第四"则指彭城王刘义康，他是文帝之弟，在兄弟中排行第四。考《宋书》卷六八《刘义康传》、卷六九《刘湛传》，元嘉年间，义康位居宰辅，擅势专权。刘湛亲附义康，勾结朋党。元嘉十七年被文帝诛戮，歌词所谓"死罪刘领军"是也。义康该年并未被杀，仅贬为江州刺史，出镇豫章。至元嘉二十八年，文帝担心有"异志者或奉义康为乱"（元嘉二十四年曾发生过此类事件），才杀了义康。义康在元嘉十七年后的近十年间，形势一直很危殆。《宋书·刘义康传》载：文帝某次去其姊会稽长公主府宴饮，"主起再拜稽颡，悲不自胜。……主曰：'车子（义康小字）岁暮必不为陛下所容，今特请其生命。'因恸哭"。可见义康此时常处在死亡的威胁中。歌词所谓"枉杀刘第四"，或许当时民间有义康被杀的流言罢？

《古今乐录》说《读曲歌》是因袁后崩，百官"窃声读曲细吟"而起。袁后为文帝之皇后。据《宋书》卷四一《袁后传》载：

> 后潘淑妃有宠，爱倾后宫。……（袁后）遂愤恚成疾。元嘉十七年，疾笃，上执手流涕问所欲言，后视上良久，乃引被覆面，崩于显阳殿，时年三十六。上甚相悼痛，诏前永嘉太守颜延之为哀策，文甚丽。

其事也发生在元嘉十七年，《古今乐录》与《宋书·乐志》说法不同，所谓传闻异辞。现存歌词已是后来之作，看不出与刘湛被杀、义康被贬、袁后崩等情事在内容上有关联。值得注意的是，宋朝百官在袁后丧事期间，不敢"作声歌"，酒宴间"止窃声读曲细吟"，这说明他们在平时演唱吴声歌曲已是寻常便饭，也说明在帝皇、王室的倡导下当时吴声广为流行的状况。

《读曲歌》中"柳树得春风"一首，《玉台新咏》卷一〇选录之，题作"独曲"。我疑心《读曲歌》原本作"独曲"，其意义为徒歌。(吴昌莹《经词衍释》卷六曰："徒与独声近，而义亦相通。")古代丧服中禁止奏丝竹之乐，因而以徒歌相代。袁后丧事期间，百官只能徒歌。《读曲歌》现存歌辞八十九首，数量特多，可能即由于人们把徒歌的吴声歌集中在一起。又《读曲歌》歌词中多次提到"碑""石阙"，与坟墓有关；两次提到"方相"，它是送葬时用以驱鬼的先导。这些均与死丧之事有关。①

上面说的是刘宋王室人员与吴声的关系，可以看出宋少帝、孝武帝两人在该时吴声的发展中起了重要作用；下面再说他们与西曲的关系。

四　刘义庆、刘义康、刘义季与《乌夜啼》

《旧唐书·音乐志》述《乌夜啼》曲缘起曰：

《乌夜啼》，宋临川王义庆所作也。元嘉十七年，徙彭城

---

① 参考王运熙《吴声西曲杂考·读曲歌考》。

王义康于豫章，义庆时为江州，至镇，相见而哭。(按义庆与义康为从兄弟。)为帝所怪，征还宅，大惧。妓妾夜闻乌啼声，扣斋阁云："明日应有赦。"其年更为南兖州刺史，作此歌。故其和云："笼窗窗不开，乌夜啼，夜夜望郎来。"今所传歌似非义庆本旨。(按《乐府诗集》卷四七引文稍有改动，此据《旧唐书》原文。)

按《旧唐书·音乐志》此段记载本于《通典·乐典》，文字基本相同。《乐府诗集》卷四七西曲歌题解曰："按西曲歌出于荆、郢、樊、邓之间，而其声节送和与吴歌亦异，故因其方俗而谓之西曲云。"江州、豫章，在今江西九江、南昌一带，已近荆、郢地区，《乌夜啼》声节送和已使用西方音调，故属于西曲。

《乐府诗集》的《乌夜啼》曲题解又引《教坊记》曰：

《乌夜啼》者，元嘉二十八年，彭城王义康有罪放逐，行次浔阳，江州刺史衡阳王义季(义康弟)，留连饮宴，历旬不去。帝闻而怒，皆囚之。会稽公主……(中述会稽公主向文帝请恕义康罪事，已略见上文)遂宥之。使未达浔阳，衡阳家人扣二王所囚院曰："昨夜乌夜啼，官当有赦。"少顷，使至，二王得释，故有此曲。

这是传闻不同，以为述义康与义季之事。据《宋书》卷六八《义康传》载，义康于元嘉十七年因罪出为江州刺史，元嘉二十二年又贬为庶人，徙居安成郡。元嘉二十八年即在安成郡赐死。会稽公主为义康向文帝请恕罪事在义康为江州刺史时。《教坊记》所记史实有误。

五　刘铄与《寿阳乐》

《乐府诗集》卷四九《寿阳乐》曲题解曰：

> 《古今乐录》曰："《寿阳乐》者，宋南平穆王为豫州所作也。旧舞十六人，梁八人。按其歌辞，盖叙伤别望归之思。"

按南平穆王刘铄，为文帝第四子。《宋书》卷七二《刘铄传》载："元嘉二十二年，迁使持节、都督南豫、豫、司、雍、秦、并六州诸军事、南豫州刺史。时太祖方事外略，乃罢南豫并寿阳（今安徽寿县），即以铄为豫州刺史。寻领安蛮校尉，给鼓吹一部。"《寿阳乐》当即刘铄在该时所作。

六 刘诞与《襄阳乐》

《乐府诗集》卷四八《襄阳乐》曲题解曰：

> 《古今乐录》曰："《襄阳乐》者，宋随王诞之所作也。诞始为襄阳郡，元嘉二十六年，仍为雍州刺史，夜闻诸女歌谣，因而作之，所以歌和中有'襄阳来夜乐'之语也。旧舞十六人，梁八人。"

按刘诞为文帝第六子。据《宋书》卷七九《刘诞传》载，元嘉二十六年，诞为雍州刺史。《襄阳乐》当即在该时所作。又《旧唐书·音乐志》曰：

> 裴子野《宋略》称：晋安侯刘道彦（当作"产"）为雍州刺史，有惠化，百姓歌之，号《襄阳乐》，其辞旨非也。

按《宋书》卷六五《刘道产传》载，元嘉八年，道产为雍州刺史、襄阳太守，"百姓乐业，民户丰赡，由此有《襄阳乐》歌，自道产始也"。我颇疑刘诞的《襄阳乐》，就是在刘道产时创始的《襄阳乐》歌基础上改制发展而成的。

由上可见，西曲中比较重要的曲调《乌夜啼》《寿阳乐》《襄阳乐》的制作产生，均与刘宋王室有关。加上当时将领臧质制作《石城乐》，这样就使西曲在刘宋前中期由产生而很快进入昌盛，取得与吴声在通俗乐曲中同等重要的地位。吴声从东晋初期开始，到东晋后期进入昌盛，进程较慢，约经历五十年；而西曲则在刘宋前中期很快由产生而发展壮大，前后仅三十多年。这里有两个原因值得重视。一是体制上有所承袭。西曲各曲调歌词，大多数是五言四句，均属用丝竹伴奏的清商俗乐，在体制上大都承袭吴声，仅在声折送和上运用西部地区（长江中游）声调，因而容易成熟。二是刘宋王室人员的大力提倡并参与写作，影响巨大，容易形成社会风气。

曹魏西晋时代流行的清商通俗乐曲，是从汉代流传下来的相和歌与曹魏时发展的清商三调，它们在《乐府诗集》中统称为相和歌辞，是清商旧曲。东晋、刘宋时代，吴声、西曲逐步产生并发展流行，它们在《乐府诗集》中统称为清商曲辞，是清商新声。东晋、南朝清商新声的流行，逐渐取代了清商旧曲的地位。《南齐书》卷四六《萧惠基传》曰："自宋大明（孝武帝年号）以来，声伎所尚，多郑卫淫俗，雅乐正声，鲜有好者。惠基解音律，尤好魏三祖曲及相和歌，每奏辄赏悦，不能已也。"这里所谓郑卫淫俗，主要指吴声、西曲；三祖曲及相和歌，指清乐旧曲。它们原本来自汉代的俗曲，在当时曾被讥斥为郑卫之声，到南朝时却被目为雅乐正声了。（刘宋时张永所撰《元嘉正声伎录》一书，所录即为相和歌辞。张书已佚，其内容《乐府诗集》有引述。）从《萧惠基传》更可看到，刘宋孝武帝大明年间是清商新声全面取代清商旧曲的一个关键阶段，这时正是西曲大大发展繁荣、与吴声共同昌盛之时。

南朝统治阶层人士为了享受声伎女乐，在这方面消耗了大量资产。东晋爱唱吴歌的将军谢石，"纨绮尽于婢妾，财用靡于丝桐"（《晋书》卷九一《范弘之传》）。西曲中的不少重要曲调都是舞曲，需要成队的舞女在歌曲演唱时伴舞，宋、齐时为十六人，梁时减为八人。演唱舞曲，消费当然更大。梁代贺琛在给梁武帝的奏章中曾说："歌谣之具，必俟千金之资。"（《梁书》卷三八《贺琛传》）刘宋王朝的一些帝王和王室人员，所以能成为吴声、西曲的提倡者与制作者，在客观上是凭借其政治、经济的特殊地位。他们中的不少人士，在生活上贪恋女乐、女色，往往荒淫无度。宋少帝、孝武帝的情况，已如上述。再如《襄阳乐》的制作者刘诞，史称他"造立第舍，穷极工巧，园池之美，冠于一时"（《南史》卷一四《竟陵王诞传》）。但另一方面应当看到，源出民间、被正统人士斥为淫辞艳曲的吴声、西曲，由于他们的提倡、制作，进入乐府，许多民歌或民歌式的作品得以大量传播，由于其风貌清新活泼，为中古诗坛输入了新鲜血液，给后来的文人创作带来深长的启迪与沾溉。南朝后期文人的不少五言小诗，唐代文人的许多绝句，写得感情真挚，语言明白，具有很强的艺术感染力，它们即是在吴声、西曲基础上进一步发展提高而出现的。由此看来，历史现象及其功过得失，往往是错综复杂、耐人寻思的，我们需要从不同角度来分析、评价这类现象。

（原载《文史》第 60 辑，中华书局 2002 年出版）

吴声、西曲中的扬州

扬州是南朝的一个大城市，吴声歌曲的《懊侬歌》曾提到它，西曲中更有不少曲调的歌辞提到它。

为了底下说明方便，这里先举吴声、西曲的若干首提到扬州的歌辞：

江陵去扬州，三千三百里。

已行一千三，所有二千在。

（《懊侬歌》）

闻欢下扬州，相送楚山头。

探手抱腰看，江水断不流。

（《莫愁乐》）

人言襄阳乐，乐作非侬处。

乘星冒风流，还侬扬州去。

（《襄阳乐》）

扬州蒲锻环，百钱两三丛。

不能买将还，空手揽抱侬。

（《襄阳乐》）

闻欢下扬州，相送江津弯。

愿得篙橹折，交郎到头还。

（《那呵滩》）

近人治文学史的，往往误以六朝的扬州为隋唐以来的扬州。按隋唐以来的扬州，在南朝时代初叫广陵郡，后叫江都郡，属南兖州，不称扬州。焦循《广陵考》第十说："南兖之名，始于宋永初元年，历齐、梁、陈，皆镇广陵。"（《雕菰集》卷一一）《隋书·地理志》说："江都，梁置南兖州。……开皇九年，改为扬州。"可见广陵或江都直到隋代始叫作扬州，吴声、西曲中的扬州不可能是指它。

吴声、西曲中的扬州，指的实是南朝的京城建业。乐史《太平寰宇记》卷一二三说："扬州，元帝渡江历江左，扬州常

187

理建业。"因为扬州州治在建业，当时人就把建业唤作扬州。例如《梁书》卷九《曹景宗传》说："景宗为侍中领军将军，性躁动，不能沉默。出行常欲褰车帷幔，左右辄谏。以位望隆重，人所具瞻，不宜然。景宗谓所亲曰：我昔在（"在"字据《南史》补入）乡里，骑快马如龙。……今来扬州作贵人，动转不得。"曹景宗到中央政府里来做官，这里的扬州显然是指建业。又刘敬叔《异苑》卷六说："安定梁清字道修，居扬州右尚方间桓徐州故宅。"按右尚方属少府，是中央政府的一个机构，这里的扬州显然也指建业。又《晋书·五行志》（中）说："庾亮初镇武昌，出至石头。百姓于岸上歌曰：庾公上武昌，翩翩如飞鸟；庾公还扬州，白马牵旒旋。又曰：庾公初上时，翩翩如飞鸟；庾公还扬州，白马牵流苏。后连征不入，及薨于镇，以丧还都葬，皆如谣言。"（《宋书·五行志》同）这里"还扬州"即是"还都"，且扬州与武昌对言，不与荆州对言，扬州当然也指建业。吴声、西曲中的扬州，也应当指扬州的州治建业。上引《晋书·五行志》的两首民谣，形式跟吴声、西曲歌辞完全相同，这说明南朝的民歌是习惯于把建业唤作扬州的。

南朝的京城建业在当时是最大的城市，商业非常繁盛。《隋书》卷二四《食货志》说它"淮水（指秦淮河）北有大市百余、小市十余所"。《晋书》卷二七《五行志》记"安帝元兴三年二月庚寅夜，涛水入石头，商旅方舟万计，漂败流断，骸胔相望"。西曲中多商人歌谣，西部地区的商旅纷纷到建业来做生意，所以西曲中常常提到扬州。上引吴声《懊侬歌》"江陵去扬州"一首，生动地描绘了商旅的水行情绪。以"闻欢下扬州"起句的《莫愁乐》《那呵滩》各一首，则表现了女子送别欢郎到建业去做生意时的悲哀心理。《太平御览》卷四六引刘宋山谦之《丹阳记》说："扬州，今鼓铸之地。"在南朝，建业一带的冶金业最为发达。观上引《襄阳乐》歌辞，可知那里出产的蒲锻环，如何为西部地区的妇女们所艳羡。襄阳在西方也是一个繁华的大城市，但比起建业来毕竟逊色，所以作客襄阳的妇女，要求"还侬扬州去"。

西方的江陵，是仅次于建业的大城市。《宋书》卷五四《孔季恭传论》说："江南之为国盛矣，虽南包象浦，西括邛山，至于外奉贡赋，内充府实，止于荆、扬二州。……荆城（即江陵）跨南楚之富，扬部有全吴之沃。鱼盐杞梓之利，充仞八方；丝绵布帛之饶，覆衣天下。"可见南朝富庶地区，首推荆、扬二州。故二州的州治江陵和建业，商业最为繁荣。《南史》卷四三《临川献王映传》说："王为雍州刺史，尝致钱还都买物。

有献计者：于江陵买货，至都还换，可得微有所增。"所以当时许多商估，就沿着长江往返于江陵、建业两大城市间，贸迁有无以致富。《那呵滩》歌辞共六首，《古今乐录》说它"多叙江陵及扬州事"，它们跟上引的《懊侬歌》，都生动地反映了来往于这两大城市间的商旅们的生活、思想、情感。

隋唐以来的扬州——广陵，在南朝虽然也是一个大城市，但远不及隋唐时代的繁盛，在当时跟建业、江陵、襄阳等城市，是不能比的。隋唐时代，国都建于长安，广陵始为南北交通要地，"盖自汴河开通，江都为转运枢纽，终唐之世，金陵衰而江都盛"（朱偰先生《金陵古迹图考》第七章第二节语），较之六朝，又是另一番光景了。

（原载《文学遗产增刊》第一辑，作家出版社 1955 年出版）

郭茂倩与《乐府诗集》

一　郭茂倩事迹

《乐府诗集》的编纂者郭茂倩，生平事迹不大清楚，主要生活在北宋后期。清陆心源《仪顾堂续跋》卷一四跋元刊本《乐府诗集》有曰：

> 愚按茂倩字德粲，东平人。通音律，善篆隶。元丰七年，河南府法曹参军。祖劝，翰林侍读学士、给事中，赠吏部尚书。父源明，字潜亮，初名元赓，字永敬，嘉祐二年进士，官至职方员外郎、知单州军州事。苏颂志其墓，见《苏魏公集》

卷五十九。

按苏颂《苏魏公文集》卷五九有《职方员外郎郭君墓志铭》一文，详述郭源明事迹，上引陆心源跋文中所述郭源明事迹，即本之苏颂墓志。

苏颂墓志记载郭源明五子有曰：

> 子男五人：曰茂倩，河南府法曹参军；次曰茂恂，奉议郎、提举陕西买马监牧司公事；次曰茂泽，承事郎；次曰茂曾，次曰茂雍，未仕。

苏志仅云郭茂倩是郭源明长子，为河南府法曹参军，不及其他。陆心源跋说"茂倩字德粲，通音律"云云，当别有所据，惜未详其出处。今考《乐府诗集》一书，于乐府之分类、源流等，考核甚为精审，非"通音律"者不能致此。陆跋又谓其"善篆隶"，可见郭茂倩兼长文学、音乐、书法，是一位多才多艺的人物。苏颂墓志撰于宋神宗元丰七年（1084）郭源明安葬时，故陆跋谓茂倩于该年任河南府法曹参军。

郭茂倩的籍贯是东平（今山东省东平县），其祖先原籍则为山西太原。苏颂墓志称："君之先世，自阳曲（属太原）徙东土。"志铭又云："本朝甲族，太原东平。"可见至北宋时太原、东平两地的郭氏都是望族。《乐府诗集》刻本卷首署"太原郭茂倩编次"，盖从其郡望而言。

郭茂倩的祖父郭劝，为北宋名臣，《宋史》卷二九七有传。《宋史》载：郭劝字仲褒，郓州须城（即东平）人。官至翰林侍读学士、同知通进银台司。传末简单地提及其子源明。源明之子茂倩等，《宋史》无记载。

宋陈振孙《直斋书录解题》卷一五总集类曰：

> 《乐府诗集》一百卷，太原郭茂倩集，凡古今号称乐府者皆在焉。其为门十有二，首尾皆无序文。《中兴书目》亦不言其人本末。今按：茂倩，侍读学士劝仲褒之孙，昭陵名臣也。本郓州须城人。有子曰源中、源明。茂倩，源中之子也。但未详其官位所至。

可见南宋时人对郭茂倩仕履已不甚清楚。按茂倩是源明之子，此误云源中之子。

《四库提要》卷一八七《乐府诗集》条述郭茂倩事迹曰：

> 《建炎以来系年要录》载茂倩为侍读学士郭褒之孙，源
> 中之子。其仕履未详。本浑州须城人。此本题曰太原，盖署
> 郡望也。

按此段叙述粗疏多误。郭褒当作郭劝（字仲褒），源中当作源明，浑州当作郓州。按《建炎以来系年要录》实际并未提及郭茂倩，仅提及其弟茂恂。该书卷一○有曰："（建炎元年十一月）辛亥，朝奉大夫郭太冲行尚书吏部员外郎。太冲，茂恂子也。"今人李裕民《四库提要订误》亦曰："《建炎以来系年要录》并未提及郭茂倩及其父祖。"《提要》所言，当系馆臣一时误记。陆心源《乐府诗集》跋文在述及《四库提要》所载与苏颂墓志所载不同后曰：

> 《要录》从《永乐大典》录出，恐有传写之讹。《苏集》
> 从宋本影写，当可据。惟郭源中亦有其人，累官都官员外郎、
> 充广陆郡王申王院教授、职方员外郎，见《苏魏公集·外制》。
> 或源明与源中弟兄，而茂倩嗣源中欤？

陆氏推测郭源中或是源明弟兄，茂倩过继给他，可备一说。

宋葛立方《韵语阳秋》卷四称："郭茂倩《杂体诗》载《百一诗》五篇，皆（应）璩所作。"是郭茂倩尚编有《杂体诗》一书，惜今已佚。杂体诗与乐府诗体制较近，吴兢《乐府古题要解》在叙述乐府诗后，附述杂体诗。杂体诗中的风人诗，以运用谐音双关语为修辞特色，其体受六朝乐府吴声、西曲歌辞影响。郭茂倩编《杂体诗》一书，当是把它当作《乐府诗集》的附编看待的。

根据以上材料及考订，对郭茂倩事迹可作以下概括：

郭茂倩，字德粲，郓州东平人。祖劝，官至翰林侍读学士。父源明，官至职方员外郎。茂倩为源明长子，通音律，善篆隶，元丰年间任河南府法曹参军。编有《乐府诗集》一百卷传世。

以上陆心源跋文和苏颂墓志，根据日本学者中津滨涉《〈乐府诗集〉研究》一书提供的资料转引。该书昭和五十二年汲古书院印行。

二 《乐府诗集》之价值

《乐府诗集》一百卷，汇编自汉至五代乐府诗，分为十二大类：郊庙歌辞、燕射歌辞、鼓吹曲辞、横吹曲辞、相和歌辞、清商曲辞、舞曲歌辞、琴曲歌辞、杂曲歌辞、近代曲辞、杂歌谣辞、新乐府辞。其中郊庙、燕射两类，封建朝廷用于隆重的礼仪场合，为帝皇所重视，故列于各类之首。鼓吹、横吹两类，均为雄壮的军乐，但二者来源、用途、乐器等有所区别，故分为两类。相和、清商二类均为丝竹伴奏的通俗乐曲，但二者体制、流行时期与地域亦有区别，故亦列为两类。舞曲歌时兼舞，琴曲专以琴弦谱奏，性质较特殊，故各为一类。杂曲大多数是文人模仿通俗歌曲的案头之作，杂歌谣是不入乐的民间歌谣，体制与乐府相近，可供参照，故各列一类。近代曲、新乐府均产生于隋唐时代，近代曲配合燕乐演唱，新乐府不入乐，体式与相和、清商、杂曲相近，但自制新题，故各列为一类。凡自汉至五代乐府诗，收罗宏富，分类妥善，后世治乐府诗者，莫能出其范围。

全书体例处理得当。大类中有小类者则分小类编次，如相和歌又分相和六引、相和曲、吟叹曲、四弦曲等十小类。其无小类而歌辞繁富者则按其题材内容相近者以类相从。如杂曲歌辞存诗十八卷，数量繁多，即以题材相近编次，便于读者检阅。各曲调歌辞，先列原作与古辞，之后按作者时代先后列各家仿作，可以由此考见各曲调歌辞的渊源演变。编者于乐府诗的体制特色，极为重视，著录歌辞，参照《宋书·乐志》《南齐书·乐志》《古今乐录》等书，务存原貌，使读者便于理解乐府诗的体制特色。例如鼓吹曲辞，缪袭《魏鼓吹曲·旧邦》篇、韦昭《吴鼓吹曲·克皖城》篇，《宋书·乐志》把其中各七言句均分为上四下三两句，还有其他类似的例。《乐府诗集》均照录不改，于此可以考见当时七言诗一句在音乐节拍上相当于三言、四言、五言的两句，对读者研究七言诗的形成与发展很有裨益。又如相和歌辞瑟调曲中之大曲，其篇章除分若干解外，往往曲前有艳，曲后有趋，《乐府诗集》亦据《宋书·乐志》照录，可以考见大曲比较繁复的结构。又如南北朝时代，南北乐府诗区分解数情况不同，南方以一章为一解，北方少数民族乐歌则以一句为一解。横吹曲中之梁鼓角横吹曲实为北歌，《乐府诗集》根据《古今乐录》，一一注明其以一句为一解，可考见当时北方乐歌的体制特色。又如清商曲辞中的吴声歌曲与西曲歌中许多曲调的歌辞，往往中间有和声，末尾有送声，《乐府诗集》据《古今乐录》一一加以注明，这对读者认识吴声、西曲歌辞的体制特色颇为重要，对后来不少歌辞仅属因声制辞，因而内容往往与本事不合的情况，提供了解决疑问的线索。郭茂倩对此种后来乐府拟作因声作辞的情况深有认识，《乐府诗集》卷八七《黄昙子歌》题解曰："凡歌辞，考之与事不合者，但因其声而作歌尔。"这话为读者理解许多后起的乐府拟作提供了指导性的意见。

《乐府诗集》于各大类、小类歌辞，均有序说，于各曲调有题解，对各类歌辞、各曲调之名称、内容、源流等各方面情况，均广泛征引有关材料作出说明，堪称解释详明，考核精审。其所征引的材料，除正史音乐志外，尚有不少乐府专书，其中有的已经失传，赖郭氏此书保存重要片段，弥足珍贵。如南朝陈代释智匠《古今乐录》一书，有十二卷，评述各类乐府诗，对正史音乐志所忽视的、语焉不详的通俗乐曲相和歌、清商曲、鼓角横吹曲等，介绍具体，其史料价值很高。该书宋以后亡佚，幸赖《乐府诗集》大量征引其文，保存大半，极堪重视。例如相和歌辞在晋宋时代分哪些小类，各小类包含哪些曲调，其兴歇存亡情况，《古今乐录》引录宋张永《元嘉正声伎录》、南齐王僧虔《大明三年宴乐伎录》两书（后代均佚），作了详明的记载。张永、王僧虔两人以同时代人所记南朝前期相和歌演奏情况，实为可靠的第一手材料，对后人研究相和歌十分重要。《乐府诗集》把相和曲、清商三调（平调、清调、瑟调）等小类均归入相和歌辞大类，即据《古今乐录》所引张、王两氏之书，灼然有据。现代学者梁启超等谓清商三调不属于相和歌，非是。又如清商曲辞中吴声歌曲与西曲歌的不少曲调，常有和声、送声，其体制颇为重要，郭氏书引《古今乐录》一一注明。此点上文已述及。郭茂倩在征引有关材料后，附加按语，见解甚为精当。如《乐府诗集》卷四四吴声歌曲序说，在引录《晋书·乐志》的记载后，加按语曰："盖自永嘉渡江之后，下及梁陈，咸都建业，吴声歌曲，起于此也。"指出吴声歌曲大抵产生在六朝时代的京城建业（今南京市）一带，意见中肯，符合历史事实。郭氏全书之序说、解题，在翔实材料的基础上作出客观允当的解释与论断，科学性很强，不似明清时代的一些乐府诗选本，对诗题、诗意等往往以意妄测，流于穿凿附会。

综上所述，可见《乐府诗集》收罗宏富，分类妥善；编次体例，精审合理；征引资料，丰富翔实；解说按断，客观允当，实为乐府诗总集中最完备精当之作，《四库全书总目提要》卷一八七称为"乐府中第一善本"，良非过誉。当然，由于乐府诗数量繁富，此书卷帙甚多，不免存在若干遗漏、讹误之处。明梅鼎祚《古乐苑》凡例尝摘此书以古诗混入乐府等谬误若干条，说颇中理，但究属枝节之病，无关宏旨，所谓大醇中之小疵也。

此书原来通行之版本为毛氏汲古阁本（局刻本、《四部丛刊》本均据毛本），毛刻本系采用元刻本为底本再据宋本雠正者。五十年代文学古籍刊行社影印宋本行世，为读者提供了此书的最早刻本，有利于雠校。1979年中华书局又出版标校本《乐府诗集》。该书以宋本为底本，参校汲古阁本及其他有关图书，有新式标点，有简要校记，颇便读者使用。书后附有《作者姓名篇名索引》，亦便于检阅。

（原载《学术集林》卷十四，上海远东出版社1998年出版）

论六朝清商曲中之和送声

六朝清商乐曲中的和送声，向来不甚为文学史家所重视，其实它是不当被忽略的，因为在理解清商乐曲的发展、结构方面，它给予我们不少的帮助，虽然其资料还嫌不够充足。

《乐府诗集》（卷二六）于论述相和歌辞时说："诸调曲皆有辞、有声，而大曲又有艳、有趋、有乱。辞者，其歌诗也。声者，若羊吾夷、伊那阿之类也。艳在曲之前，趋与乱在曲之后。亦犹吴声、西曲前有和、后有送也。"这里间接给六朝清商曲（主要是吴声歌曲和西曲）中的和送声下了一个不甚明晰的注解。前有和、后有送，相当于大曲之前有艳、后有趋或乱，是指它们在歌词中的位置而言，并不是说两者的性质相同。若论其性质，则送声与大曲的趋、乱确很相像，而和声与艳辞就可说毫无共同之处了。

因为送声比较简单，这里先说送声。根据《古今乐录》等书的记载，六朝清商曲之有送声者如下：

（一）《子夜歌》《古今乐录》："《子夜》以持子送曲。"

（二）《子夜变歌》《古今乐录》："《子夜变歌》前作持子送，后作欢娱我送。"

> 案：送声应在歌曲后面，《子夜变歌》前不应有送声。大概歌者唱完《子夜歌》的持子送声后，接唱《子夜变歌》，故《乐录》如是云云。

（三）《凤将雏》曲 《古今乐录》："《凤将雏》以泽雉送曲。"

> 案：《凤将雏》歌词今不存。《乐府诗集》卷七四（《杂曲歌辞》）有《泽雉》一曲，辞云："擅场延绣颈，朝飞弄绮翼，饮啄常自在，惊雄恒不息。"题解据《古今乐录》"《凤将雏》以泽雉送曲"一语，以为即《凤将雏》的送声。①

---

① 杂曲歌的《泽雉曲》，虽亦为五言四句，审其风格，不像吴声。可能与《凤将雏》的"泽雉"送声不同，《乐府诗集》以其题名相同，牵合一起，也未可知。按何承天《宋鼓吹铙歌雉子游原泽》篇首云："雉子游原泽，幼怀耿介心。饮啄虽勤苦，不愿栖园林。"杂曲歌《泽雉曲》词句似本此。

（四）《欢闻歌》《欢闻变歌》《阿子歌》《古今乐录》：
"《欢闻歌》者，晋穆帝升平初，歌毕辄呼'欢闻不'，以为送声，后因此为曲名。今世用莎持乙子代之，语稍讹异也。"

《古今乐录》："《欢闻变歌》者，晋穆帝升平中，童子辈忽歌于道曰：'阿子闻！'曲终辄云：'阿子汝闻不？'无几而穆帝崩，褚太后哭'阿子汝闻不'，声既凄苦，因以名之。"

《宋书·乐志》："《阿子歌》及《欢闻歌》者，晋穆帝升平初，歌毕，辄呼'阿子汝闻否'——语在《五行志》，后人演其声以为二曲。"（案《五行志》记载同上条《古今乐录》，从略。）

《通典·乐典》（五）："《阿子歌》《欢闻歌》者，晋穆帝升平初，童子辈或歌于道，歌毕，辄呼'阿子汝闻否'，又呼'欢闻否'，以为送声，后人演其声以为此二曲。宋、齐时用莎乙子之语，稍讹异也。"

> 案：以上三曲同源。《欢闻歌》的送声为"欢闻不"，《阿子歌》的送声为"阿子汝闻不"。《欢闻变》的送声据《古今乐录》，也是"阿子汝闻不"。

以上吴声歌曲

（五）《杨叛儿》《古今乐录》："《杨叛儿》送声云：'叛

儿教侬不复相思。'"

（六）《西乌夜飞》《古今乐录》："送声云：'折翅乌，飞何处，被弹归。'"

以上西曲

由上可知送声有两类。第一类为原歌的结尾，与上文意义相连者，如《欢闻》《阿子歌》《杨叛儿》《西乌夜飞》的送声便是。第二类借用别的曲子，取其意义相近，如《凤将雏》以《泽雉》送便是。① 但也有与原歌意义无关者，如"《巾舞》以《白纻》四解送"（《乐府诗集》卷五五）。《子夜》《子夜变》的送声，属于哪一类，这里不敢臆断。以上第二类的送声，因与原歌意义无紧密关系，比较不重要，下文综论，仅以第一类为对象。

查《宋书·乐志》所载诸大曲，其中的趋，有即为原诗的结尾者，如魏明帝的《棹歌行》。有借用他曲者，如古辞《艳歌何尝行》。这是送声与大曲的趋性质相同的地方。（《宋志》大曲无乱，所载陈思王《鼙舞歌》五篇，二篇有乱。又《乐府诗集·瑟调曲·孤子生行》也有乱。其性质和《楚辞》的乱相

---

① 　《大子夜歌》被作为《子夜歌》的送歌弦，内容赞美《子夜歌》音调的美妙，也可说是与此相类的送声。

同，都是歌词的结尾。）

以下试谈谈和声，清商曲中有和声的如下：

（一）《石城乐》《莫愁乐》《旧唐书·音乐志》："《莫愁乐》者，出于《石城乐》。石城有女子名莫愁，善歌谣。《石城乐》和中复有莫愁声，因有此歌。"

案：《旧唐书·音乐志》："《石城乐》者，宋臧质所作也，石城在竟陵。质尝为竟陵郡，于城上眺瞩，见群少年歌谣通畅，因作此曲。"《石城乐》第二曲云："阳春百花生，摘插环髻前，挼指蹋忘愁，相与及盛年。"大约石城少年蹋足唱歌时，其和声有"忘愁"（或"莫愁"）二字在内，后因此演为《莫愁乐》。（案《石城乐》和声实当作"妾莫愁"三字。）

（二）《乌夜啼》《旧唐书·音乐志》："《乌夜啼》，宋临川王义庆所作也。元嘉十七年，徙彭城王义康于豫章，义庆时为江州，至镇，相见而哭。为帝所怪，征还宅，大惧。妓妾夜闻乌啼声，扣斋阁云：'明日应有赦。'其年更为南兖州刺史，作此歌。故其和云：'笼窗窗不开，乌夜啼，夜夜望郎来。'① 今所传歌辞似非义庆本旨。"

---

① 《乐府诗集》卷四七引《唐志》："其和云：夜夜望郎来，笼窗窗不开。"二句颠倒，又漏"乌夜啼"一句，恐非原貌。今据原书引录。

（三）《襄阳乐》《古今乐录》："《襄阳乐》者，宋随王诞之所作也。诞始为襄阳郡，元嘉二十六年，仍为雍州刺史，夜闻诸女歌谣，因而作之，所以歌和中有'襄阳来夜乐'之语也。"

（四）《三洲歌》《古今乐录》："《三洲歌》者，商客数游巴陵，三江口往还，因共作此歌。其旧辞云：'啼将别共来。'梁天监十一年，武帝于乐寿殿道义竟，留十大德法师设乐，敕人人有问，引经奉答。次问法云：'闻法师善解音律，此歌何如？'法云奉答：'天乐绝妙，非肤浅所闻，愚谓古辞过质，未审可改与不？'敕云：'如法师语音。'法云曰：'应欢会而有别离，啼将别可改为欢将乐。'故歌和云：'三洲断江口，水从窈窕河傍流，欢将乐共来，长相思。'"

（五）《襄阳蹋铜蹄》《古今乐录》："《襄阳蹋铜蹄》者，梁武帝西下所制也。沈约又作其和云：'襄阳白铜蹄，圣德应乾来。'"

（六）《那呵滩》《古今乐录》："其和云：'郎去何当还？'多叙江陵及扬州事。那呵，盖滩名也。"

案："那呵"与"奈何"声同，当即是"奈何"。歌词有云："愿得篙橹折，交郎倒头还。"因滩很凶险，故名。我疑心其和声本有两句："那呵滩，郎去何当还？"《乐府诗集》引文多有删落之处，如上《乌夜啼》之和声本为三句，《乐府》引《旧唐书》即无中间"乌夜啼"一句。又和声亦多协韵，如上面《乌夜啼》之"开""啼""来"，《三洲歌》之"来""思"，《襄阳蹋铜蹄》之"蹄""来"，古音多协韵。这里"滩"与"还"二字亦协韵。

（七）《西乌夜飞》《古今乐录》："《西乌夜飞》者，宋元徽五年，荆州刺史沈攸之所作也。攸之举兵，发荆州东下，未败之前，思归京师，所以歌和云：'白日落西山，还去来。'"

  案：《太平御览》（卷五七三）引《古今乐录》："《白日歌》，亦曰《落日歌》，其歌曰：'白日落西山。'"陈刘删诗："山边歌《落日》，池上舞《前溪》。"上句即指《西乌夜飞》曲。

以上西曲

（八）《江南弄》《古今乐录》："梁天监十一年冬，武帝改西曲制《江南弄》七曲。一曰《江南弄》，《三洲》韵和云：'阳春路，娉婷出绮罗。'二曰《龙笛曲》，和云：'江南音，一唱值千金。'三曰《采莲曲》，和云：'采莲渚，窈窕舞佳人。'四曰《凤笙曲》，和云：'弦吹席，长袖善留客。'五曰《采菱曲》，和云：'菱歌女，解佩戏江阳。'六曰《游女曲》，和云：'当年少，歌舞承酒（当作"欢"）笑。'七曰《朝云曲》，和云：

'徙倚折桂华。'"

《乐府诗集》又有梁简文帝《江南弄》三首。一曰《江南曲》，和云："阳春路，时使佳人度。"二曰《龙笛曲》，和云："江南弄，真能下翔凤。"三曰《采莲曲》，和云："采莲归，渌水好沾衣。"

以上《江南弄》

（九）《上云乐》《古今乐录》："梁天监十一年冬，武帝改西曲制《上云乐》七曲。一曰《凤台曲》，和云：'上云真，乐万春。'二曰《桐柏曲》，和云：'可怜真人游。'三曰《方丈曲》（和缺）。四曰《方诸曲》，《三洲》韵和云：'方诸上可怜，欢乐长相思。'五曰《玉龟曲》，和云：'可怜游戏来。'六曰《金丹曲》，和云：'金丹会，可怜乘白云。'七曰《金陵曲》（和缺）。"

以上《上云乐》

（十）《白纻歌》《南齐书·乐志》："周处《风土记》云：吴黄龙中童谣云：'行白者，君追汝，句骊马。'后孙权征公孙渊，浮海乘舶；舶，白也。今歌和声犹云行白纻焉。"

案：《白纻歌》，《乐府诗集》编入杂舞曲，杂舞曲亦属广义的清商乐曲。

以上《白纻曲》

和声的作用在使一人唱，多人和，增加音调上的强度。而大曲的艳，却大抵是歌词的开篇，两者性质显然不同。

值得注意的，除掉梁武改西曲而制的《江南弄》《上云乐》不计外，和送声（尤其是和声）有一重要的现象，这便是曲调之名称，往往包含于和送声中。现在试将上面所述的曲调调名与和送声相同者再简录于后。（1）《阿子歌》，送声云："阿子汝闻不？"（2）《欢闻歌》，送声云："欢闻不？"（3）《杨叛儿》，送声云："叛儿教侬不复相思。"（4）《莫愁乐》，和声有云："妾莫愁。"（5）《乌夜啼》，和声有云："乌夜啼。"（6）《襄阳乐》，和声有云："襄阳来夜乐。"（7）《三洲歌》，和声有云："三洲断江口。"（8）《襄阳蹋铜蹄》，和声有云："襄阳白铜蹄。"（9）《那呵滩》，和声有云："那呵滩。"（10）《西乌夜飞》（一名《白日歌》，又名《落日歌》），和声有云："白日落西山。"（11）《白纻歌》，和声有云："行白纻。"这样绝大多数的比例，使我们有理由相信大部分乐曲的调名即是根据和送声得来的。

根据调名出于和送声的原则，再参以古籍的记载，清商曲中尚有不少曲调的和送声可间接地加以推定。

（一）《子夜歌》《南史》（卷二二）《王俭传》："齐高帝幸华林宴集，使各效技艺：褚彦回弹琵琶，王僧虔、柳世隆弹琴，沈文季歌子夜来，张敬儿舞。""子夜来"当是《子夜歌》的和声。和声语尾用"来"字者极普遍，如上文的"夜夜望郎来"（《乌夜啼》）、"襄阳来"（《襄阳乐》）、"欢将乐共来"（《三洲歌》）、"圣德应乾来"（《襄阳蹋铜蹄》）、"还去来"（《西乌夜飞》）等都是。

（二）《阿子歌》《欢闻歌》《欢闻变歌》 观上引《古今乐录》，可推知"阿子闻"三字就是《阿子歌》的和声。而《欢闻歌》的和声大约即是"欢闻"二字。《宋书·五行志》还有一首谣曲，格式和《阿子歌》《欢闻歌》极相似："桓石民为荆州，镇上明。民忽歌曰：'黄昙子。'曲终又曰：'黄昙英，扬州大佛来上明。'顷之而石民死，王忱为荆州。'黄昙子'乃是王忱之字也。忱小字佛大，是大佛来上明也。"这里"黄昙子"是和声，"黄昙英"二句是送声。《五行志》所录的，原来仅该歌的和送之声而已。又《南齐书·五行志》："永明初，百姓歌曰：'白马向城啼，欲得城边草。'后句间云：'陶郎来。'""陶郎来"当也是和声。

（三）《丁督护歌》《宋书·乐志》："《督护歌》者，彭城内史徐逵之为鲁轨所杀，宋高祖使府内直督护丁旰收敛殡霾之。逵之妻，高祖长女也，呼旰至阁下，自问敛送之事。每问，辄叹息曰：丁督护！其声哀切，后人因其声广其曲焉。""丁督护"三字当即被后人作为和声而演成歌曲的。

（四）《团扇歌》《古今乐录》："《团扇郎歌》者，晋中书令王珉捉白团扇，与嫂婢谢芳姿有爱，情好甚笃。嫂捶挞婢过苦，王东亭（名珣，珉之兄）闻而止之。芳姿素善歌，嫂令歌一曲，当赦之。应声歌曰：'白团扇，辛苦互流连，是郎眼所见。'珉闻，更问之：'汝歌何遗？'芳姿即改云：'白团扇，憔悴非昔容，羞与郎相见。'后人因而歌之。""白团扇"三字当即是《团扇歌》之和声。

（五）《长乐佳》 现存七首。其中三首均以"欲知长乐佳"起句。一首末句云"欢念长乐佳"；另一首末句云"长乐戏汀洲"；第三首末句云"长莫（当作"乐"）过时许"。"长乐佳"三字当是《长乐佳》曲的和声。

（六）《懊侬歌》 一名《懊恼歌》。现存十四首。末首起句云："懊恼奈何许。"颇疑此句与和送之声有关。

（七）《华山畿》《古今乐录》："《华山畿》者，宋少帝时《懊恼》一曲，亦变曲也。少帝时，南徐一士子，从华山畿往云阳，见客舍有女子，悦之无因，遂感心疾而死。葬时车载从华山度，比至女门，牛不肯前，打拍不动。女妆点沐浴，既而出，歌曰："华山畿，君既为侬死，独活为谁施？欢若见怜时，棺木为侬开。'棺应声开，女遂入棺。乃合葬，呼曰神女冢。"（节录）按歌词现存二十五首，上所引者即首篇，疑全首为和送之声，其情况正和《乌夜啼》之和声相仿佛。

又第八首起句云："将懊恼。"第十、第二十两首起句云："奈何许。"按《华山畿》既为《懊恼歌》之变曲，故此二者当为由《懊恼歌》和送之声承袭而来的。又《乐府诗集·懊侬歌》题解引《古今乐录》曰："梁天监十一年，武帝敕法云改为《相思曲》。"检《华山畿》歌词第三、第廿三两首起句云："夜相思。"可推知它也是由《懊侬歌》的和声承袭得来。这些词句与上面《懊侬歌》末首起句，本身不一定即是和送之声，但《懊侬》《华山畿》二曲的和送声当与此等词句类同。

（八）《读曲歌》 现存八十九首。第十六首起句云："折杨柳。"由西曲中的《月节折杨柳歌》可推知原是和声。

以上吴声歌曲

（九）《女儿子》 现存二曲。首篇云："巴东三峡猿鸣悲，夜鸣三声泪沾衣。"盖原为巴东的歌谣，其后被演为乐曲的。唐皇甫松有《竹枝词》六首，均以"竹枝""女儿"为和声。如第一首云："槟榔花发竹枝鹧鸪啼女儿，雄飞烟瘴竹枝雌亦飞女儿。"（余五首格式同）《竹枝词》一名《巴渝词》（见刘禹锡《竹枝词》序），与《巴东谣》产地相同；皇甫松《竹枝词》的和声，必定渊源于《女儿子》无疑。①《女儿子》的和声实为"女儿"两字，"子"字系加在名词后的语尾，没有意义可言。《晋书》（五六）《孙绰传》："树子非不楚楚可怜。"是其一例。乐曲名末亦常加"子"字，《乐府》（六五）杂曲歌辞有陈谢燮的《明月子》，其上为鲍照、李白的《朗月行》，傅玄的《明月篇》，题意相同。卷六六又有吴均《少年子》一首，《玉台新咏》作《咏少年》。其例甚多，不枚举。万树《词律》（卷一）《采莲子》调说："或曰：《竹枝》之'枝''儿'两字，此调之'棹''少'两字，亦自相为叶，不可不知。"词中和声亦叶韵，正与清商曲同。

（十）《杨叛儿》《旧唐书·音乐志》："《杨伴》，本童谣歌也。齐隆昌时女巫之子曰杨旻，旻随母入内，及长，为后所

---

① 刘毓盘先生《词史》第一章："无名氏《女儿子》二首，即唐人《竹枝词》所本。……皇甫松仿此体于句中叠用竹枝、女儿为歌时群相随和之声。孙光宪复叠为四句，惟用韵不拘平仄耳。"按孙光宪《竹枝》二首，和声亦为"竹枝""女儿"，位置与皇甫松的相同。

宠。童谣云：'杨婆儿，共戏来。'而歌语讹，遂成杨伴儿。"按童谣云云，当即被利用为该曲的和声。

（十一）《月节折杨柳歌》　现存十三曲（每月一曲，加闰月一曲）。《正月歌》云："春风尚萧条，去故来入新，苦心非一朝。折杨柳，愁思满腹中，历乱不可数。"余十二曲格式皆同。"折杨柳"三字必为和声无疑（萧涤非先生《汉魏六朝乐府文学史》第五编二章也认为"折杨柳"三字是和声）。

以上西曲

以上把文句简短的如"子夜来""丁督护""白团扇"等作为和声而非送声，仅就大致而言。又《西曲》中如《安东平》《来罗》《黄督》《黄缨》等题名，推想起来，大约也都是和送一类的声音，可惜没有充分的资料来证明它。

上面算把各曲调的和送声逐条叙述过了，以下不妨综合讨论一番。

《乐府诗集》说"吴声、西曲前有和、后有送"，送声的位置，应在全篇末尾，自不成问题；至于前面的和声，却并不如大曲的"艳词"一般往往在全篇的开端，它的位置，应在每句之末尾。皇甫松《竹枝词》的和声位置，给予我们很大的启示；因为它既是根据《女儿子》而来，其位置也必定遵照着《女儿子》的。《竹枝词》有两个和声："竹枝"和"女儿";《女儿子》的和声只有一个,它的形式应是:"巴东三峡女儿猿鸣悲女儿,夜鸣三声女儿泪沾衣女儿。"

在《吴声西曲的渊源》中,我们曾经说明七言一句由四言三言二短句组成,在音节上等于三言四言以至五言的两句,因此,七言诗如《女儿子》《竹枝词》每句用了两个和声,五言诗每句就仅需一个。如以《丁督护歌》作例,那形式应是这样:"督护北征去丁督护,相送落星墟丁督护,帆樯如芒枡丁督护,督护今何渠丁督护?"这样唱和声,跟"会稽公主每问辄叹息曰丁督护"的原来情况是颇相像的。这种和声样式,起源很早,东汉灵帝时的《董逃歌》(三言,见《续汉书·五行志》),每句后有"董逃"二字;相和歌瑟调《上留田行》,曹丕、谢灵运所作六言歌诗二首(见《乐府诗集》卷三八),每句后有"上留田"三字,应为六朝清商曲所本。①我相信清商曲中简短的和声如"子夜来""阿子闻""欢闻""白团扇""妾莫愁"等等,其形式大约与《董

①　刘永济先生《十四朝文学要略》卷二第十一章曰:"送声之所出,虽不可考,然观《董逃行》(按当作《董逃歌》)每句之后有'董逃'二字,《上留田》每句之后有'上留田'三字,与《子夜歌》前以'持子'送,后以'欢娱我'送,《凤将雏》以'泽雉'二字送,事例相同,或即其源也。"其说可参照,但"董逃""上留田"实为和声而非送声。

逃歌》《上留田行》不会两样；其他句子较长的和声的位置怎样，目下资料不够，还难下断语。又案《乐府诗集》（卷三〇）引《古今乐录》曰："凡三调歌弦一部竟，辄作送歌弦。"疑此"送歌弦"即送声（参考《吴声西曲杂考·子夜变曲考》）。然则清商新声的和送声，其体制盖亦渊源于《相和》旧曲。可惜这方面材料还不够，不能予以充分论述。又案《淮南子·说山训》："欲美和者，必先始于阳阿、采菱。"高诱注："阳阿、采菱，乐曲之和声。有阳阿，古之名俳，善和也。"可见以简短的二三字作为和声，其体制在先秦时已有了。创作"阳阿"和声的乐工即名阳阿，也与《子夜歌》《莫愁乐》的情况相似。

关于当时声妓歌唱和送声的情况，元代龙辅的《女红余志》为我们记下一些情况："沈约《白纻歌》五章（每章七言八句，后四句梁武帝作，五章后四句都相同，当是用作送声的），舞用五女，中间起舞，四角各奏一曲。至翡翠群飞（全句云："翡翠群飞飞不息。"为梁武所造歌词四句之首句）以下，则合声奏之，梁尘俱动。舞已则舞者独歌末曲以进酒。"（卷上《白纻歌》条）"梁尘俱动"，具体地写出了合唱和送声时的热烈情况。

和送之声（除掉借用他曲的送声），最初是渊源于民间的谣曲的。不论是吴地儿童，抑是石城、襄阳的少年男女，当他们于道路或者大堤上合群踏足唱歌时，他们必然需要可以共同合唱的和送之声以为调节。吴声《阿子歌》的"阿子闻""阿子汝闻不"，西曲《石城乐》《莫愁乐》的"妾莫愁"，《襄阳乐》的"襄阳来夜乐"，便是它们最原始的形态。它们的特质，有最显著的二点：第一，其句法比较参差多变化，能增加歌词句调上的繁复性；第二，因为由许多人和歌，能增加歌词音调上的强烈性。由于这两大优点，和送声在曲调中就显得非常突出，也可以说，它们构成了曲子的主要声调。因此，像《宋书》所著录的《阿子歌》《黄昙子曲》，也仅是它们的和送之声，而从民谣演成的乐曲，主要也就是指根据、利用其和送之声而言，至于它们原来的歌词倒是不重要，因此，被演成乐曲的民谣原词大都亡佚了。《旧唐书·音乐志》说："《子夜》，声过哀苦。"《古今乐录》说："褚太后哭阿子汝闻不，声既凄苦。"《宋书·乐志》说："后人演其声以为《阿子歌》《欢闻》二曲。"《宋志》又说："……丁督护，其声哀切，后人因其声广其曲焉。"这里所谓"声"，主要便是指和送声而言。

基于此，我们这里可以阐明乐曲内容的许多讹变。就拿《阿子歌》《欢闻歌》说吧。它们本是民间的童谣，被附会为预言褚太后哭穆帝的凶丧，因为其和送声凄苦动听，遂被采为乐曲。但因重声不重辞的缘故，意义方面就起了讹变。"阿子"本被认为褚太后唤穆帝的称呼，但后来却用以指女的情人。如《阿子歌》："阿子复阿子，念汝好颜容，风流世希有，窈窕无人双。"《世说新语·贤媛篇》注引《妒记》曰："桓温平蜀，以李势女为妾。郡主凶妒，不即知之。后知，乃拔刃往李所，因欲斫之。见李在窗梳头，姿貌端丽，徐徐结发，敛手向主，神色闲正，辞甚凄惋。主于是趋前抱之曰：阿子，我见汝亦怜，何况老奴！遂善之。"可见当时亦称女子为"阿子"。后来更把"阿子"讹成"鸭子"，如《阿子歌》另二首："春月故鸭啼，独雄颠倒落，工知悦弦死，故来相寻博。""野田草欲尽，东流水又暴，念我双飞凫，饥渴常不饱。"《乐府诗集》（卷四五）引《乐苑》曰："嘉兴人养鸭儿，鸭儿既死，因有此歌。"这显然是后起的说法。但不论是男的思念女的，或者嘉兴人哭鸭儿，"阿（鸭）子闻""阿（鸭）子汝闻不"的和送声，依然十分适用。"阿子"既指女的情人，如以"欢"字代"阿子"，便可用以指情郎了。这是一歌演为二曲的缘由。

又如《丁督护歌》的声调，据《宋书·乐志》，本起于宋高祖的女儿哭其夫徐逵之。这本事可征信于《宋书·武帝本纪》：

"义熙十一年正月，公（指武帝，时为宋公）率众军西讨。三月，军次江陵。公命彭城内史徐逵之、参军王允之出江夏口，复为鲁轨所败，并没。"（节录）督护本指收尸人丁旿，徐逵之西征丧身，而今《丁督护歌》却云："督护北征去，前锋无不平，朱门垂高盖，永世扬功名。"与原意大相径庭，也是重声而不重义的结果。须知哀切的"丁督护"声调，已被后人作为描写送别情人或丈夫出征的普通送行曲了。

《旧唐书·音乐志》说："《乌夜啼》，宋临川王义庆所作也。今所传歌辞，似非义庆本旨。"其实"非本旨"之歌，何止《乌夜啼》，它可以概括现存许多的清商乐曲。我们可以说：《子夜》《懊恼》《华山畿》《杨叛儿》诸曲调，是当时描写以女子为主角的相思歌曲的总汇；《白团扇》是状写女子谴责男子的曲调；《乌夜啼》系叙述男女生离的哀歌；《石城》《襄阳》诸曲调，则是歌咏该地乐曲的集成。所谓某人创作某曲或某时期产生某曲，往往是指被后来利用的声调（主要为和送之声）而已。《乐府诗集》（卷八七）《黄昙子歌》题解说："凡歌辞，考之与事不合者，但因其声而作歌尔。"这话应是我们了解清商曲内容的秘钥。

当时制作清商乐曲，正与唐宋的填词无殊。最初的填词，内容尚须符合调名，到后来就不必顾及了。清商曲中的《读曲歌》《西乌夜飞曲》，现存歌词内容，和本事邈不相关，便是次一种情形。①

清商乐曲的变曲，恐怕也是基于和送声的变调。最显著的便是《莫愁乐》，它是从《石城乐》的和声产生出来的。其他如《欢闻变》之于《欢闻》，《华山畿》之于《懊恼》，都与和送之声有关，看上文便可明白。《隋书·音乐志》载称："北齐杂乐有西凉、鼙舞、清乐、龟兹等。后主亦自能度曲，亲执乐器，悦玩无倦，倚弦而歌。别采新声为《无愁曲》，音韵窈窕，极于哀思。使胡儿阉官之辈，齐唱和之，曲终乐阕，莫不殒涕。"当时清乐（即清商乐）既流行于北朝，后主的新声很可能受到它的影响。我疑心《无愁曲》即是利用《莫愁乐》的和声制成，因"无""莫"两字可以相通的。②又案《通志·乐略》"祀飨别声"部分有"北齐后主二曲：《无愁》《伴侣》。"《通考》

---

① 《词苑丛谈》卷一《体制篇》引清邹祗谟《词衷》曰："《词品》云：唐词多缘题，所赋《临江仙》则言水仙，《女冠子》则述道情，《河渎神》则缘祠庙，《巫山一段云》则状巫峡，《醉公子》则咏公子醉也。……愚按大率古人由词而制调，故命名多属本意；后人因调而填词，故赋寄率离原词。"

② 乐府《相和歌辞》有《公无渡河曲》，《宋书·乐志》称为"公莫渡河"，是其证。"莫愁"一作"忘愁"，"无""忘"古通，《经传释词》第十曰："无，转语词也。字或作'亡'，或作'忘'，或作'妄'。"参考《吴声西曲杂考·莫愁乐考》。

（卷一四二）："北齐后主，别采新声为《无愁》《伴侣曲》。"是后主于《无愁曲》外，又有《伴侣曲》。《伴侣》与《无愁》合叙，二者性质必甚相近。我疑《伴侣》是西曲《杨叛儿》的变曲，"叛""伴"同音，"儿""侣"同声，"伴侣"即"叛儿"的音变。[①] 又《旧唐书·音乐志》（一）："陈将亡也，为《玉树后庭花》，齐将亡也，而为《伴侣曲》。行路闻之，莫不悲泣，所谓亡国之音也。"武平一《谏大飨用倡优媟狎书》却说："昔齐衰有《行伴侣》，陈灭有《玉树后庭花》，趋数鹜僻，皆亡国之音。"（《新唐书》卷一一九）"行伴侣"即"杨叛儿"，"行""杨"同声。《无愁》《伴侣》都是后主根据南朝清乐改制而成的新声。

梁武帝时代，盛大地改制乐曲，那更与和声有关。《古今乐录》说："梁天监十一年，武帝敕法云改《懊侬歌》为《相思曲》。"又说："《三洲歌》，旧辞云：'啼将别共来。'梁天监十一年，武帝敕法云改'啼将别'为'欢将乐'。故歌和云：

---

① 《北史》卷四七《阳休之传》："休之弟俊之，当文襄时（当南朝梁武帝时）多作六言歌辞，淫荡而拙，世俗流传，名为阳五伴侣（俊之在兄弟中排行第五），写而卖之，在市不绝。俊之尝过市，取而改之，言其字误。卖书者曰：阳五古之贤人，作此《伴侣》，君何所知，轻敢议论。俊之大喜。""阳五伴侣"这一含有嘲弄意味的双关语，可作"伴侣"即"叛儿"的证据。但《伴侣》歌词为六言，体式已有改变。参考《吴声西曲杂考·杨叛儿考》。

'三洲断江口，水从窈窕河傍流，欢将乐共来，长相思。'"又说："梁天监十一年冬，武帝改西曲制《江南》《上云乐》十四曲。《江南弄》七曲，一曰《江南弄》，《三洲》韵和云：'阳春路，娉婷出绮罗。'《上云乐》七曲，四曰《方诸曲》，《三洲》韵和云：'方诸上可怜，欢乐长相思。'"三者都是天监十一年的事，其间必然有着连锁的关系。法云改《懊侬》而成的《相思曲》，可能即是《三洲歌》新辞。《三洲歌》新辞的和声声调特别曲折，就是法云改制的成绩，而梁武更根据改制过的《三洲歌》的"韵和"，制成《江南弄》《上云乐》及其和声。被某些人认为后世词曲之祖的《江南弄》，句法特别婉媚曲折，这一部分固然是由于当时七言诗的发达，但《三洲歌》的和声，除掉被改造为《江南弄》的和声外，对《江南弄》歌词本身也起着影响，应是不可否认的事吧。

（原载《国文月刊》第八十一期）

论吴声西曲与谐音双关语

第一节　引　论

　　所谓谐音双关语，是指利用谐音作手段，一个词语可同时关顾到两种不同意义的词语。例如《读曲歌》："奈何许，石阙生口中，衔碑不得语。"末句"碑"字双关"悲"字便是。"碑"与"悲"音同字异，我们名这类双关语为"同音异字之双关语"。尚有一类"同音同字之双关语"，例如《子夜歌》："见娘善容媚，愿得结金兰，空织无经纬，求匹理自难。"末句"匹"字双关"布匹"和"匹偶"二层意义。谐音双关语大致可分为这么两大类。此外，这两类双关语也有混合在一起的时候。例如《子夜夏歌》："朝登凉台上，夕宿兰池里，乘月采芙蓉，夜夜得莲子。"末句"莲"双关"怜"，属于第一类；"子"双关"莲子"和"吾子"（你），属于第二类。我们不妨把它唤作"混合双关语"。

这种双关语，也称表里双关，因为它正同谜语一般，具有表里二重意义。如上面"碑""布匹""莲子"是表（谜面），"悲""匹偶""怜子"是里（谜底）。表的意义须与上文相衔接，里却不然。第一类的双关语，有表字和里字之分。如"碑""莲"是表字，"悲""怜"是里字。这在歌唱时不成问题，因为一个音能兼顾两个词语，到书写时只能录下其中的一个了。照普通情形，大抵写下的是表字，留下谜底让别人猜。但也颇多写出里字的，例如《子夜歌》："崎岖相怨慕，始获风云通，玉林语石阙，悲思两心同。"末句"悲"是谜底。又如《读曲歌》："打坏木栖床，谁能坐相思，三更书石阙，忆子夜啼碑。"末句"啼"的表字是"题"。又如唐刘禹锡的《竹枝词》："东边日出西边雨，道是无晴还有晴。"有的书上把"晴"写作"情"字。这种把谜底写出的原因，一方面固由于无意间的疏忽，另一方面恐是因写的人恐怕写下谜面，读的人会猜不到的缘故。六朝的清商曲辞中，就有一些双关语，因为不写下谜底，至今不曾被人猜出哩！

此种谐音双关语，在六朝的清商曲辞中最为发达。它们的一般格式是两句为一组，上句说一事物，下句申明上句的意思，而双关语就在下句的申明中出现。洪迈《容斋三笔》"乐府诗引喻"条说：

> 自齐、梁以来，诗人作乐府《子夜四时歌》之类，每以前句比兴引喻，而后句实言以证之。

就是这个意思。譬如上面所引，"石阙生口中，含碑不得语"，"石阙生口中"是叙说一事，也即是洪氏之所谓"比兴"（"空织无经纬"近于比，"石阙生口中""乘月采芙蓉"近于兴）；"含碑不得语"，是"石阙生口中"的结果，申明上意，洪氏所谓"实言以证之"者也。这是一般的格式，当然也有例外，但占少数。

这种以"下句释上句"的双关诗，唐、宋诗论家往往把它唤作风人诗，定为杂体诗中的一格。严羽《沧浪诗话》说：

> 论杂体则有风人，上句述其语，下句释其义，如古《子

夜歌》《读曲歌》之类，则多用此体。

葛立方《韵语阳秋》（卷四）更有详尽的说明：

> 古辞云：围棋烧败袄，著子故衣然。陆龟蒙、皮日休间
> 尝拟之。……是皆以下句释上句。《乐府解题》以此格为风
> 人诗，取陈诗以观民风，示不显言之意。

这里葛氏说明了两个问题。第一，葛氏指明风人诗的名称沿
自《乐府解题》一书。按唐人作《乐府解题》流传于宋代的有
三本，一吴兢撰，二刘𫗧撰（据郑樵《通志略》，《崇文总目》
《宋史》不著撰人），三郗昂撰（或作王昌龄撰）。今郗书已亡
佚，刘书篇幅无几，当亦残缺（有《说郛》本），仅吴书犹差完
整（有《津逮秘书》本），风人诗格，今本刘书、吴书都没有这
一条。但唐王叡的《炙毂子录》（《说郛》卷二三）中间"序乐
府"一节，系抄掇吴书 ① 及《古今注》而成。在《步虚词》题解
下面，却有风人诗的解说："风人，梁简文帝谓之风人，陈江总

---

① 王书不言所引《乐府题解》为吴兢作，但所引《题解》序文及内容次序，均同《津逮》
  本《乐府古题要解》。

谓之吴歌，其文尽帷薄亵情，上句述一语，用下句释之以成云。围棋烧败袄，著子故依然[①]，是此类也。"可见风人诗格，出于吴书无疑了。第二，葛氏提出了风人诗的界说："取陈诗以观民风，示不显言之意。"这界说未免失之肤廓，不能揭出风人诗的特质。我以为风人一名，既然源于《国风》，其特色应当是"比兴引喻"，因为它正是《国风》的特色啊！

除风人诗一名外，又有人把它称作"吴歌格"的，如苏东坡《席上代人赠别诗》云："莲子劈开须见臆（谐薏），楸枰著尽更无期（谐棋），破衫却有重逢（谐缝）处，一饭何曾忘却（谐吃）时。"宋赵彦材（次公）注云："此吴歌格，借字寓意也。"谢榛《四溟诗话》又简称之为"吴格"。那是因为六朝清商曲主要为吴歌的缘故。此外，更有称之为"子夜体"的，如明卓人月《词统》评刘禹锡《竹枝词》云："《竹枝》杂子夜体，以此为俑。"那又是因为《子夜歌》是吴声歌曲中最重要的曲调，双关语也最丰富的缘故。

风人诗发达于六朝，其起源在何时呢？皮日休《杂体诗序》曾有叙说：

---

① 二句原作"围棋败看子故作然"，今据皮日休引文（见下）改正。

《诗》云："维南有箕，不可以簸扬；维北有斗，不可以挹酒浆。"近乎戏也。古诗或为之，盖风俗之言也。古有采诗官，命之曰风人。"围棋烧败袄，著子故依然。"由是风人之作兴焉。

按"维南有箕"云云，见《小雅·大东》篇，其意在假天上有名无实的星象，讥刺人间的尸位素餐者，在修辞格中属于隐喻，是意义上的双关，而非声音上的双关，故皮氏也不认为真正的风人诗。后世如《古诗·明月皎夜光》篇"南箕北有斗，牵牛不负轭"、陆机拟作"织女无机杼，大梁不架楹"等等，都是意义上的双关，不在本篇讨论范围以内。"围棋"二句，见上吴兢《乐府解题》，今全诗已佚，《解题》也不说明是何人所作。按句中"围棋"双关"违期"，"故依然"双关"古衣燃"（释"烧败袄"），又以围棋的"著子"双关相思的"著子"；二句中连用三个双关语，而且文字又相对仗，其遣辞的工巧，实在超出于任何清商曲辞之上，我们可以确定它是后出的作品。《解题》曾说简文作风人诗，此二句当是简文之作。把这种含有谐音双关语的诗作唤作风人诗，大约始于简文，所以皮日休有"由是风人之作兴焉"的话。

"以下句释上句"的严格的风人诗，就现存古诗而论，清商曲以前，实在找不到更早的渊源。如不限于这种严格的体例，那还可求得它的前驱者。《古诗十九首》之一云：

客从远方来，遗我一端绮。

相去万余里，故人心尚尔。

文彩双鸳鸯，裁为合欢被。

著以长相思，缘以结不解。

以胶投漆中，谁能别离此？

第七句"思"谐"丝"，第八句"针结"谐"结好"。朱珔《文选集释》道："此盖借'丝'为'思'，借'连结'为'结好'，犹'莲'之为'怜'，'薏'之为'忆'。古人以同音字托物寓情，类如是尔。"说得正是。又《乐府诗集》卷八四有《离歌》①一首：

晨行梓道中，梓叶相切磨，

① 此诗《乐府诗集》作《杂离歌》。冯惟讷《古诗纪》题作《杂歌》，自注曰："一作《离歌》。"《乐府》作《杂离歌》，殆旁注误为正文耳。今考其诗为诀别之辞，故《乐府》次在《骊驹歌》后，自以作《离歌》为是。《通志·乐略》第一"别离十九曲"中有《离歌》，当即指此。又有《离怨》，自注："一作《杂怨》。"离、杂形近，故易讹耳。

> 与君别交中，缅如新缣罗（一作"维"），
>
> 裂之有余丝，吐之无还期。

第五句也以"丝"谐"思"字。朱嘉徵《乐府广序》（卷一三）道："一曰：余丝，隐余思，后石阙、莲子诸语本此。"又说："离歌，离怨之歌，读曲隐语也，开晋代吴声《子夜》诸歌之始。"朱乾《乐府正义》（卷一五）也评它说："已启《白纻》《子夜》一派，而未至于流。"《离歌》，《乐府诗集》不著作者年代，但冯惟讷《古诗纪》列入汉乐府古辞，从其歌词的古质看来，或许不会错。《离歌》是乐府，《古诗·客从远方来》篇也是乐府①，我们把它们作为六朝乐府中双关语的滥觞看待，真是再适当也没有的了。

第二节　六朝清商曲中的谐音双关语

六朝的清商曲，以吴声歌曲和西曲为最主要的两大部分。

---

① 　乐府《饮马长城窟行》下半段"客从远方来，遗我双鲤鱼"云云，措辞格式相同，疑古乐府有此一调。

谐音双关语，也即包含于这两部分中间。自来诗家论风人诗，十九取材于这里。所谓"下句释上句"的严格的风人诗体裁，到这时才开始发生而且大大地发展。从历史发展方面看，西曲的产生时代，一般地较吴声为晚，它是受到吴声重大影响的后起的制作（参考《吴声西曲的产生时代》）。西曲中的双关语，较吴声要少得多，而且除一二双关语外，大都是吴声已经具备的。因此，谐音双关语，委实是吴地歌谣的最大特色。

近人研究六朝双关语的论著颇不少，我所见到的，有下列诸种：（一）徐嘉瑞先生《中古文学概论》（亚东版）、（二）陆侃如、冯沅君先生《中国诗史》（商务版）、（三）陈望道先生《修辞学发凡》（开明版）、（四）邱琼荪先生《诗赋词曲概论》（中华版）、（五）萧涤非先生《汉魏六朝乐府文学史》（中国文化服务社版）、（六）赵景深先生《修辞讲话》（北新版），以上专书，一部分论及双关语；（七）徐中舒先生《六朝恋歌》（载 1927 年 9 月开明书店出版的《一般》杂志）、（八）朱湘先生《古代的民歌》（载《小说月报》号外《中国文学研究专号》，后收入生活版之《中书集》），以上单篇论文。对清商曲中的双关语，可谓已搜讨略备，但仍有一些未见到的，现在把它们综合地叙述一下，就依照上节所讲，分为"同音异

字""同音同字""混合"三大类。每条附举例子若干首，俾便
对照。其体式则不限于"下句释上句"。

（一）同音异字之双关语（加＊号者系新增，下仿此）

（1）以"莲"谐"怜"（怜惜、怜爱）

> 高山种芙蓉，复经黄蘗坞，
>
> 采得一莲时，流离婴辛苦。
>
> （《子夜歌》）

> 我念欢的的，子行由豫情，
>
> 雾露隐芙蓉，见莲不分明。
>
> （同上）

> 郁蒸仲暑月，长啸出湖边，
>
> 芙蓉始结叶，花艳未成莲。
>
> （《子夜夏歌》）

> 青荷盖渌水，芙蓉葩红鲜，
>
> 郎见欲采我，我心欲怀莲。
>
> （同上）

> 千叶红芙蓉，照灼绿水边，
>
> 余花任郎摘，慎莫罢侬莲。
>
> （《读曲歌》）

谁交强缠绵，常持罢作虑，

作生隐藕叶，莲侬在何处？

（同上）

欢心不相怜，慊苦竟何已，

芙蓉腹里菨，莲汝从心起。

（同上）

罢去四五年，相见论故情，

杀荷不断藕，莲心已复生。

（同上）

辛苦一朝欢，须臾情易厌，

行膝点芙蓉，深莲非骨念。

（同上）

（2）以"藕"谐"偶"

思欢久，不爱独枝莲，只惜同心藕。

（《读曲歌》）

娇笑来向侬，一抱不能已，

湖燥芙蓉菨，莲汝藕欲死。

（同上）

种莲长江边，藕生黄蘗浦，

必得莲子时，流离经辛苦。

（同上）

青荷盖绿水，芙蓉披红鲜，

下有并根藕，上生并目莲。

（《青阳度》）

（3）以"臆"谐"忆"

所欢子，莲从胸上度，刺忆定欲死。

（《读曲歌》）

（4）以"棋"谐"期"

今夕已欢别，合会在何时？

明灯照空局，悠然（疑谐"油燃"）未有棋。

（《子夜歌》）

计约黄昏后，人断犹未来，

闻欢开方（疑谐"谎"）局，已复将谁期？

（《读曲歌》）

坐倚无精魂，使我生百虑，

方局七十道，期会是何处？

（同上）

（5）以"围棋"谐"违期"

近日莲违期，不复寻博子，

六筹翻双鱼，都成罢去已。

（《读曲歌》）

（6）以"走"谐"诅"或"咒"

驻箸不能食，蹇蹇步闱里，

投琼著局上，终日走博子。

（《子夜歌》）

（7）以"丝"谐"思"

婉娈不终夕，一别周年期，

桑蚕不作茧，昼夜长悬丝。

（《七日夜女歌》）

闻欢大养蚕，定得几许丝，

所得何足言，奈何黑瘦为？

（《华山畿》）

伪蚕化作茧，烂漫不成丝，

徒劳无所获，养蚕持底为？

（《采桑度》）

（8）以"碑"谐"悲"

崎岖相怨慕，始获风云通，

玉林语石阙，悲思两心同。

（《子夜歌》）

将懊恼，石阙昼夜啼，碑泪常不燥。

（《华山畿》）

奈何许，石阙生口中，衔碑不得语。

（《读曲歌》）

闻乖事难怀，况复临别离，

伏龟语石板，方作千岁碑。

（同上）

（9）以"题"谐"啼"

别后常相思，顿书千丈阙，题碑无罢时。

（《华山畿》）

打坏木栖床，谁能坐相思，

三更书石阙，忆子夜啼碑。

（《读曲歌》）

欢相怜，今去何时来，

裲裆别去年，不忍见分题。

（同上）

案：梁元帝《金乐歌》："石阙题书字，金灯飘落花。"上句
盖咏其事。

（10）以"蹄"谐"啼"

奈何不可言，朝看暮牛迹，知是宿蹄痕。

（《读曲歌》）

（11）以"堤"谐"啼"

縠衫两袖裂，花钗鬓边低，

何处分别归，西上古（疑谐"故"）余啼。

（《读曲歌》）

（12）以"髻"谐"计"

　　欢相怜，题心共饮血，

　　梳头入黄泉，分作两死计。

（《读曲歌》）

（13）以"油"谐"由"

　　歔欷暗中啼，斜日照帐里，

　　无油何所苦，但使天明尔。

（《读曲歌》）

　　非欢独慊慊，侬意亦驱驱，

　　双灯俱时尽，奈许两无由。

（同上）

　　十期九不果，常怀抱恨生，

　　燃灯不下炷，有油那得明？

（同上）

　　案："燃灯不下炷"，"炷"，疑谐"主"，谓主意也。

（14）以"篱"谐"离"

　　百忆却欲噫，两眼常不燥，

蓄师五鼓行，离侬何太早？

（《读曲歌》）

执手与欢别，欲去情不忍，

余光照已藩，坐见离日尽。

（同上）

（15）以"箭"谐"见"

夜相思，投壶不得（或作"停"，非）箭，忆欢作娇时。

（《华山畿》）

案：王易先生《词曲史》（二篇二章）云："借骁作娇。"疑
是。

（16）以"雉"谐"涕"

秋爱两两雁，春感双双燕，

兰鹰接野鸡，雉落谁当见。

（《子夜秋歌》）

案：此萧涤非先生说。"雉"，古与"涕"音相同。《说文》：
"鷈，古文雉，从弟。"六朝人喜射雉，此可见当时风气。（参见
赵翼《廿二史劄记》卷一二）

（17）以"梳"谐"疏"

初时非不密，其后日不如，

回头批栉脱，转觉薄志疏。

（《子夜歌》）

案：末句"志"字疑有误（或是"齿"字），此处当谐"子"。

*（18）以"捣"谐"祷"

碧玉捣衣砧，七宝金莲杵，

高举徐徐下，轻捣只为汝。

（《青阳度》）

案：翟灏《通俗编》卷三八《识余篇》引俗谚："石臼里春夜叉——祷鬼。"以"捣"为"祷"，与此同。

（19）以"获"谐"敌"

郎情难可道，欢行豆（当是"岂"字）挟心，见获多欲绕。

（《华山畿》）

案：安帝义熙初童谣云："官家养芦化成获。""获"亦谐"敌"。

（二）同音同字之双关语

（1）以关闭之"关"谐关念之"关"

郎为傍人取，负侬非一事，摛（疑谐"离"）门不安横（疑谐"分"），无复相关意。

（《子夜歌》）

（2）以布匹之"匹"谐匹偶之"匹"

　　见娘善容媚，愿得结金兰，
　　空织无经纬，求匹理自难。

（《子夜歌》）

　　始欲识郎时，两心望如一，
　　理丝入残机，何悟不成匹？

（同上）

　　春倾桑叶尽，夏开蚕务毕，
　　昼夜理机丝，知欲早成匹。

（《子夜夏歌》）

　　隐机倚不织，寻得烂漫丝，
　　成匹郎莫断，忆侬经绞时。

（《青阳度》）

（3）以布匹之"粗疏"谐性情之"粗疏"

　　登店卖三葛，郎来买丈余，

　　合匹与郎去，谁解断粗疏。

（《读曲歌》）

　　侬亦粗经风，罢顿葛帐里，败许粗疏中。

（同上）

（4）以厚薄之"薄"谐轻视之"薄"

　　君行负怜事，那得厚相于，

　　麻纸语三葛，我薄汝粗疏。

（《读曲歌》）

（5）以厚薄之"薄"谐薄情之"薄"

　　感欢初殷勤，叹子后辽落，

　　打金侧玳瑁，外艳里怀薄。

（《子夜歌》）

（6）以帘薄之"薄"谐厚薄、薄子、薄情之"薄"

　　念爱情慊慊，倾倒无所惜，

重帘持自郭，谁知许厚薄。

（《子夜歌》）

人各既畴匹，我志独乖违，

风吹冬帘起，许时寒薄飞。

（同上）

谁交强缠绵，常持罢作意，

走马织悬帘，薄情奈当驶。

（《读曲歌》）

自从近日来，了不相寻博，

竹帘裲裆题，知子心情薄。

（同上）

案：《阿子歌》："工知悦弦死，故来相寻博。"《读曲歌》："自从近日来，了不相寻博。"释宝月《估客乐》："五两如竹林，何处相寻博。"博者，寻觅之意，不谐"薄"，刘宋荀昶《拟相逢狭路间》云："君家诚易知，易知复易博。"殆当时方言也（丁福保《全宋诗》说）。

*（7）以蚕丝之"缠绵"谐情爱之"缠绵"

春蚕不应老，昼夜常怀丝，

243

何惜微躯尽，缠绵自有时。

（《作蚕丝》）

*（8）以草木之"缠绕"谐情爱之"缠绕"

女萝自微薄，寄托长松表，

何惜负霜死，贵得相缠绕。

（《襄阳乐》）

落秦中庭生，诚知非好草，

龙头相钩连，见枝（疑谐"子"字或"之"字）如欲绕。

（《杨叛儿》）

*（9）以动植之"成双"谐男女之"成双"

湖中百种鸟，半雌半是雄，

鸳鸯逐野鸭，恐畏不成双。

（《夜黄》）

落落千丈松，昼夜对长风，

岁暮霜雪时，寒苦与谁双。

（《长松标》）

案：以上三式，接近意义上的双关，以其风格、句式无殊，并录之。

（10）以风波流水之"风流"谐情爱之"风流"

人言襄阳乐，乐作非侬处，

乘星冒风流，还侬扬州去。

（《襄阳乐》）

送欢板桥弯，相待三山头，

遥见千幅帆，知是逐风流。

（《三洲歌》）

风流不暂停，三山隐行舟，

愿作比目鱼，随欢千里游。

（同上）

《杨叛》西随曲，柳花经东阴，

风流随远近，飘扬闷侬心。

（《杨叛儿》）

*（11）以欢乐之"欢"谐欢子之"欢"

折杨柳，百鸟园林啼，道欢不离口。

（《读曲歌》）

（12）以果子之"子"谐欢子之"子"

慊苦忆侬欢，书作后非是，

五果林中度，见花多忆子。

（《读曲歌》）

暂出后园看，见花多忆子，

乌鸟双双飞，侬欢今何在？

（《江陵乐》）

（13）以花草之"华""实"谐人之浮"华"与切"实"

百度不一回，千书信不归，

春风吹杨柳，华艳空徘徊。

（《读曲歌》）

欲行一过心，谁我道相怜，

摘菊持饮酒，浮华著口边。

（同上）

*（14）以衣服之"花色"谐人之"花色"（机巧）

素丝非常质，屈折成绮罗，

敢辞机杼劳，但恐花色多。

（《作蚕丝》）

*（15）以衣服之"华艳"谐人之"艳情"

著处多遇罗，的的往年少，艳情何能多？

（《华山畿》）

（16）以物之同"心"谐人之同"心"

当信抱梁期，莫听回风音，

镜上两人髻，分明无两心。

（梁武帝《子夜秋歌》）

感郎崎岖情，不复自顾虑，

臂绳双入结，遂成同心去。

（《西乌夜飞》）

芙蓉始怀莲，何处觅同心？

俱生世尊前，折杨柳，

捻香散名花，志得长相取。

（《月节折杨柳歌》）

（17）以物之"苦心"（苦辛）谐人之"苦心"（苦辛）

自从别郎来，何日不咨嗟，

黄蘗郁成林，当奈苦心多。

（《子夜歌》）

自从别欢后，叹音不绝响，

黄蘗向春生，苦心随日长。

（《子夜春歌》）

种莲长江边，藕生黄蘗浦，

必得莲子时，流离经辛苦。

（《读曲歌》）

案：《通俗编·识余篇》引俗谚云："黄蘗树下弹琴——苦
中作乐。"

（18）以道路之"道"谐道说之"道"

一夕就郎宿，通夜语不息，

黄蘗万里路，道苦真无极。

（《读曲歌》）

（19）以飞龙之"骨"谐思妇之"骨"

自从别郎后，卧宿头不举，

飞龙落药店，骨出只为汝。

（《读曲歌》）

（20）以消融之"消"谐消瘦之"消"

音信阔弦朔，方悟千里遥，

朝霜语白日，知我为欢消。

（《读曲歌》）

（21）以光之"亮""照""明"谐人之"亮　察""照
拂""表明"

夜半冒霜来，见我辄怨唱，

怀冰暗中倚，已寒不蒙亮。

（《子夜冬歌》）

冬林叶落尽，逢春已复曜，

葵藿生谷底，倾心不蒙照。

（同上）

思欢不得来，抱被空中语，

月没星不亮，持底明侬绪。

（《读曲歌》）

*（22）以水之"倒写"谐情之"倒泻"

思难忍，络纆语酒壶，倒写侬顿尽。

（《读曲歌》）

（23）以药名之"散"谐聚散之"散"

相怜两乐事，黄作无趣怒，

合散无黄连，此事复何苦。

（《读曲歌》）

（24）以琴曲之"散"谐聚散之"散"

黄丝咞素琴，泛弹弦不断，

百弄任郎作，唯莫《广陵散》。

（《读曲歌》）

*（25）以颜色之"清白"谐性行之"清白"

白练薄不着，趣欲着锦衣，

异色都言好，清白为谁施？

（《团扇郎》）

（三）混合双关语

（1）以"莲子"谐"怜子"

　　　　寝食不相忘，同坐复俱起，
　　　　玉藕金芙蓉，无称我莲子。

（《子夜歌》）

　　　　朝登凉台上，夕宿兰池里，
　　　　乘月采芙蓉，夜夜得莲子。

（《子夜夏歌》）

　　　　盛暑非游节，百虑相缠绵，
　　　　泛舟芙蓉间，散思莲子间。

（同上）

　　　　掘作九州池，尽是大宅里；
　　　　处处种芙蓉，婉转得莲子。

（《子夜秋歌》）

　　　　人传我不虚，实情明把纳，
　　　　芙蓉万层生，莲子信重沓。

（《读曲歌》）

　　　　欢欲见莲时，移湖安屋里，

芙蓉绕床生，眠卧抱莲子。

（《杨叛儿》）

（2）以"梧子"谐"吾子"

怜欢好情怀，移居作乡里，

桐树生门前，出入见梧子。

（《子夜歌》）

仰头看桐树，桐花特可怜，

愿天无霜雪，梧子解千年。

（《子夜秋歌》）

我有一所欢，安在深阁里，

桐树不结花，何由得梧子。

（《懊侬歌》）

上树摘桐花，何悟枝枯燥，

迢迢空中落，遂为梧子道。

（《读曲歌》）

（3）以"博子"谐"薄子"

驻箸不能食，蹇蹇步闱里，

投琼著局上，终日走博子。

（《子夜歌》）

近日莲违期，不复寻博子，

六筹翻双鱼，都成罢去已。

（《读曲歌》）

（4）以"丝子"谐"思子"

前丝断缠绵，意欲结交情，

春蚕易感化，丝子已（疑谐"意"）复生。

（《子夜歌》）

*（5）以"相（视）丝"谐"相思"

明月照桂林，初花锦绣色，

谁能不相思，独在机中织。

（《子夜春歌》）

发乱谁料理，托侬言相思，

还君华艳去，催送实情来。

（《懊侬歌》）

绩蚕初成茧，相思条女（疑误）密，

投身汤水中，贵得共成匹。

（《作蚕丝》）

（6）以"负星"谐"负心"

阔面行负情，诈我言端的，

画背作天图，子将负星历。

（《读曲歌》）

（7）以"苦蘵"谐"苦离"

闻欢远行去，相送方山亭，

风吹黄蘵藩，恶闻苦离声。

（《石城乐》）

*（8）以"毚""释子像"谐"堪""释（舍去）子像"

自我别欢后，叹音不绝响，

茱萸持捻泥，毚有杀子像。

（《读曲歌》）

（9）以"俱侬"谐"欺侬"

语我不游行，常常走巷路，

败桥语方相，欺侬那得度？

（《读曲歌》）

案：余冠英先生《乐府诗选》："'俱侬'就是'俱人'，也就是方相。"

附说一　论"芙蓉"不谐"夫容"

清商曲中，每逢提到"莲"，上面恒有"芙蓉"。（《初学记》二七："江东呼荷华为芙蓉。"《尔雅·释草》："荷，芙渠，其实莲。"）近人论双关语的，佥认"芙蓉"是双关语，谐"夫容"。我并不故意要标新立异，实觉此说难以成立，今将鄙见条列如下：

（一）根据风人诗一般的格式："前句比兴引喻，而后句实言以证之"（洪迈），"芙蓉"正是比兴引喻之物，以导出后句的"莲"字，"莲"是主，是双关语，"芙蓉"是宾，不需要双关他物。例如《子夜歌》："雾露隐芙蓉，见莲不分明。"主旨在"见莲（怜）不分明"，上句仅在说出"见怜不分明"的缘故。他如"乘月采芙蓉，夜夜得莲子"（《子夜夏歌》）、"芙蓉始结叶，花艳未成莲"（同上）、"芙蓉腹里萎，莲汝从心起"

255

（《读曲歌》）、"芙蓉万层生，莲子信重沓"（同上）、"行膝点芙蓉，深莲非骨念"（同上）等等，前句都是后句的原因，后句是前句的结果，"芙蓉"是比兴之物，并非双关语。这解释可推之一切含有"芙蓉""莲"字的句子。以"芙蓉"引起"莲"（"怜"）字的，不独清商曲中有之。《乐府诗集》卷八七有《北齐太上时童谣》云："千金买果园，中有芙蓉树，破券不分明，莲子随它去。"可为证。

（二）如上所说，"芙蓉"是一种引语，其地位相等于"石阙""黄蘗藩"一类其他引语。如《读曲歌》："三更书石阙，忆子夜啼碑。"《华山畿》："石阙昼夜啼，碑泪常不燥。"石阙引出"碑"（"悲"）字，并无其他意义。又如《石城乐》："风吹黄蘗藩，恶闻苦离声。"黄蘗引出"苦"字，藩引出"篱"（"离"）字，并无他意。

（三）大凡双关语，不论代入表字或里字，在本句中文字仍须通顺。例如"雾露隐芙蓉，见莲（怜）不分明""乘月采芙蓉，夜夜得莲（怜）子"等，其表义承接上文，固然极通顺。里义可译为"被爱不分明""夜夜得爱你"，也极通顺。现在试把"芙蓉"的里字"夫容"代入，则上句成为"雾露隐夫容""乘月采夫容"，不成意义。

（四）清商曲中，也有上下句都有双关语的，如《读曲歌》："近日莲违期，不复寻博子。"这里"违期"谐"围棋"，"博子"谐"薄子"，前后都有双关语，但不可与"芙蓉"引"莲"相提并论。因围棋与博簺是两事，"棋"并非"博子"的引字。围棋而不博簺，是表义；违期而不寻薄子，是里义：都极通畅。

（五）假令"芙蓉"两字仅着重在"芙"字，其意义即为夫君，也仍然难以讲通。历代诗文中，都以芙蓉比喻女子，即拿清商曲说，如《碧玉歌》："碧玉破瓜时，郎为情颠倒，芙蓉陵霜荣，秋容故尚好。"《子夜夏歌》："青荷盖渌水，芙蓉葩红鲜，郎见欲采我，我心欲怀莲。"《读曲歌》："千叶红芙蓉，照灼绿水边，余花任郎摘，慎莫罢侬莲！"以芙蓉况女子，都很显然。芙蓉既为女子的象征，同时又以之双关夫君，岂非矛盾？

（六）古人咏芙蓉的诗作，曾经提及"莲""怜"相谐。如隋杜公瞻《咏同心芙蓉诗》云："灼灼荷花瑞，亭亭出水中，一茎孤引绿，双影共分红，色夺歌人脸，香乱舞衣风，名莲自可念，况复两心同。"这里仍以芙蓉比女子（歌人），假如"芙蓉""夫容"的双关，在当时是与"莲""怜"双关一样普遍的话，杜公瞻为什么只片面地提及"莲"（"怜"）呢？不单此诗，即其他古人咏芙蓉的诗作，也从未暗示过"芙蓉"同"夫容"

间有什么联系性。

（七）假如"芙蓉""夫容"是普遍的双关语，它一定应当被后代的诗家所模仿。但我们查考这些仿作中，有"莲""怜"相谐的，如唐张祜的《读曲歌》："摘荷空摘叶，是底采莲人？"五代孙光宪的《竹枝词》："杨柳在身垂意绪，藕花落尽见莲心。"有"藕""偶"相谐的，如元徐梦吉的《竹枝词》："莫为采莲忘却藕，月明风定好回船。"倪瓒的《竹枝词》："踏尽白莲根无藕，打破蜘蛛网（枉）费丝。"却没有用"芙蓉"双关"夫容"的。

（八）认"芙蓉"谐"夫容"的说法，据我所见，始于近人徐嘉瑞先生。他在《中古文学概论》中释《子夜歌》"雾露隐芙蓉，见莲不分明"时说："芙蓉通作夫容解，夫之容也。"实昧于"上句引兴比喻"的原则。其实前人说诗，也未尝有以"芙蓉"为谐"夫容"的。例如翟灏《通俗编·识余篇》说："雾露隐芙蓉，见莲不分明，以莲为怜也。"又如清代王琦的《李长吉歌诗汇解》，解释《恼公歌》"密书题豆蔻，隐语笑芙蓉"两句时说："古《读曲歌》云……盖以芙蓉者莲也，暗合怜字之意。题豆蔻者，密喻同心之订；笑芙蓉者，隐语相怜爱之意。"不是说得很明白吗？徐氏成书时代甚早（1924），首开探讨吴歌中双关语的风气，其功不可没；但也因此不免有牵强附会之处，如以《读曲歌》"飞龙落药店"的"药"作"约"字解，《孟珠》的"适闻梅作花"的"梅"作"媒"字解，都不为后起者所采用，只有"夫容"一说，沿误至今，是亟宜加以辨正的。

（九）近人论诗，不同意"芙蓉""夫容"相谐之说，据我所见，也有两家。胡才甫先生《诗体释例》（中华书局印）解释上引《子夜歌》说："雾露句述一语，见莲句释其义，莲借为怜义。"洪为法先生在《采莲集》中更说得清晰："芙蓉或说是隐夫容，指夫之容貌。此说不尽然，芙蓉就是荷花，此处不过借以说到莲子罢了。"可惜两位就这么简单几句，不曾详细申述，因而也不能推倒旧说；我这里不惮辞费，算是在补足这点缺憾。

附说二　论"莲""怜"相谐的普遍

我们讽诵上面许多谐音双关诗，知道双关语中间的比兴引喻之物，"都是歌者当时当地所见得到的事物"（陈望道先生《修辞学发凡》），例如芙蓉、梧桐、藩篱、帘薄、蚕丝、布匹等等都是。其中尤以"芙蓉"及"莲"两物用得最多，因而以"莲"谐"怜"的双关语，也就最为普遍。这理由是：吴歌的产生地域江南，是莲花最繁盛的园地，从汉乐府古辞《江南可采莲》直到后来无数的《采莲曲》，在在都低回于这江南的名花；而吴歌的内容，十九又吟咏男女的互相怜爱；即景生情，从"莲"到"怜"，从"莲子"到"怜子"，正是极其自然的联想。

　　吴歌中常常提到的名花——芙蓉，同当时上层阶级的生活也有着密切的联系。这里不必引证一连串的六朝诗人的《采莲歌》的制作，那是太平凡了。《宋书·符瑞志》（下）里面记着"双莲同干""二花一蒂""二莲合花""嘉莲生"等"符瑞"，共计达二十二次之多，说明当时人把莲花与政治互相牵连着，莲花在那时的象征性是多么巨大！

　　由于对芙蓉的爱好，在平常日用物件上镂刻芙蓉作为装饰，那是普遍的现象。简文《对烛赋》云："于是摇同心之明烛，施雕金之丽盘。……铜芝抱带复缠柯，金藕相萦共吐荷。"这是烛及烛盘的装饰。刘孝威《都县遇见人织率尔寄妇诗》："镂玉同心藕，列宝连枝花。"这是布匹上的花纹。明乎此，可知《子夜歌》"金铜作芙蓉，莲子何能实"以及"玉藕金芙蓉，无称我莲子"云云，所谓"玉藕""金芙蓉"，即指那些饰物。殿壁屋栋，饰以芙蓉，也是恒常的事。故鲍照《代京洛篇》说："绣桷金莲花，桂柱玉盘龙。"（《初学记》七引《风俗通》："殿堂象东井形，刻作荷菱。荷菱水物也，所以压火。"）《子夜秋歌》："掘作九州池，尽是大宅里，处处种芙蓉，婉转得莲子。"或许就是这种装饰下引起的幻想罢。

芙蓉常绣在布匹上面，因此它与衣饰的关系更密。梁元帝《乌栖曲》"芙蓉为带石榴裙"，吴均《去妾赠前夫》"莲花带缓腰"，是带子。鲍照《行路难》"七彩芙蓉之羽帐"，简文《戏作谢惠连体十三韵》"绮幕芙蓉帐"，是帐子。《杨叛儿》的"芙蓉绕床生，眠卧抱莲子"，当是芙蓉帐下的幻梦。

芙蓉用作首饰，更为普遍。《古绝句》"何用通音信，莲花玳瑁簪"，吴均《古意》"莲花衔青雀，宝粟钿金虫"，范靖妻《咏步摇花》"剪荷不似制，为花如自生"，都是其例。再则，女子髻鬟多有装作芙蓉者，名芙蓉髻。如《读曲歌》："花钗芙蓉髻，双鬓如浮云。"王叡《炙毂子》说："汉名同心髻为芙蓉髻。"因此更易连带地运用"同心"这双关语了。

"莲""怜"相谐的现象，在当时亦不仅限于清商曲，《乐府诗集》卷八〇（近代曲辞）有《相府莲曲》，题解引《古解题》说："《相府莲》者，王俭为南齐相，一时所辟，皆才名之士。时人以入俭府为莲花池，谓如红莲映绿水，今号莲幕者自俭始。其后语讹为想夫怜，亦名之丑尔。"便是一例。

"莲""怜"两字相谐之习，既异常普遍，遂达到互相通用的地步。如《读曲歌》："近日莲违期，不复寻博子，六筹翻双鱼，都成罢去已。"这里首句"莲"字，实当作"怜"，此处纯属谐音借代，并非双关语了。北齐后主妃子冯淑妃，名小怜，也有作小莲的，也是同样的借代。

"莲""怜"相谐之风，有以为起于汉代者。《谢氏诗源》说："汉有女子舒襟，为人聪慧，事事有意。与元群通，尝寄群以莲子，曰：吾怜子也。群曰：何以不去心？使婢答曰：正欲汝知心内苦。故后世《子夜歌》有见莲不分明等语，皆祖其意。"（伊世珍《琅嬛记》卷上引）这说法很晚，不见他书，恐不足据。又《西京杂记》称："戚夫人侍儿贾佩，后出为扶风人段儒妻。说在宫中时，至七月七日，临百子池作《于阗乐》。乐毕，以五色缕相羁，谓为相连爱。"萧涤非先生以为"相连爱"谐"相怜爱"。但干宝《搜神记》（卷二）亦载此段，"相连爱"作"相连绶"，则"爱"是"绶"的误字，"怜""绶"义不可通，萧说不能成立。总之，说"莲""怜"相谐，起源汉代，非不可能，但目下证据还不够。

第三节　清商曲以外的谐音双关诗

六朝非清商曲辞的诗歌中，也往往有谐音双关语。这类作品，可说是清商的仿制品，虽然体式不一定和它们一样。我查得的有下列几首：

织妇

梁武帝

送别出南轩，离思沉幽室，
调梭辍寒夜，鸣机罢秋日，
良人在万里，谁与共成匹？
愿得一回光，照此忧与疾，
君情倘未忘，妾心长自毕。

桃花曲

梁简文帝

但使新花艳，得间美人簪，
何须论后实，怨子结瑕心。

吴趋行

梁元帝

水里生葱翅，池心恒欲飞，

莲花逐床返，何时乘鷊归？（"池"谐"驰"）

吴趋行

无名氏

茧满盖重帘，唯有远相思，

藕叶清朝钏，何见早归时。

案：陆机有《吴趋行》，咏吴地之土风史迹，系五言古体。此《吴趋行》二首，则纯系吴歌，盖同名而异实者也。王夫之《古诗评选》（卷三）误以下一首为陆机作。

咏灯檠

王　筠

百华耀九枝，鸣鹤映冰池。

末光本内照，丹花复外垂。

流辉悦嘉客，翻影泣生离。

自销良不悔，明白愿君知。

采荷调

江从简

欲持荷（双关宰相何敬容）作柱，荷弱不胜梁。

欲持荷作镜，荷暗本无光。

摘同心栀子赠谢娘因附此诗

刘令娴

两叶虽为赠，交情永未因，

同心何处恨，栀子最关人！

案：萧涤非先生云："栀子双关之子。"（《汉魏六朝文学史》
五编三章）

北朝诗歌含有双关语的有下列诸首：

琴歌（一作讽谏诗）

赵　整

北园有枣（或作"一"，非）树，布叶垂重阴，

外虽多棘刺，内实有赤心。

案：慧皎《高僧传》（卷一）曰："正性好讥谏，无所回避。苻坚末年宠惑鲜卑，惰于治政。正因歌谏曰：昔闻孟津河，千里作一曲，此水本自清，是谁搅令浊？坚动容曰：是朕也。又歌曰：北园有一树……坚笑曰：将非赵文业耶？"

赠王肃

王肃妻谢氏

本为箔上蚕，今作机上丝，

得络逐滕去，颇忆缠绵时。

案：况澄《杂体诗钞》卷五："花杠云：络与喜乐之乐同音。滕与胜负之胜同音。络，络丝也。滕，机持经者也。"又案刘𫗧《隋唐嘉话》卷下："张昌仪兄弟恃易之、昌宗之宠，所居奢溢，逾于王主。末年有人题其门曰：一约丝，能得几日络？昌仪见之，遽下笔书其下曰：一日即足。无何而祸及。""络"亦谐"乐"。

代答谢氏

陈留长公主

针是贯绅物，目中常纴丝，

得帛缝新去，何能衲故时。

案：《前溪歌》："莫学流水心，引新都舍故。"与此正同。

杨衒之《洛阳伽蓝记》卷三曰："肃在江南日，聘谢氏为妻，乃至京师，复尚公主。其后谢氏入道为尼，亦来奔肃，见肃尚主，谢作五言诗以赠之。公主代答谢。肃甚有愧谢之色，遂造正觉寺以憩之。"

北齐太上时童谣

千金买果（一作"药"，形近而误）园，中有芙蓉树，破券不分明，莲子随它去。

案：《太平御览》（九七五）引《三国典略》："周平齐，齐幼主、胡太后等并归于长安。有谣云云，调甚悲苦，至是应焉。"按第三句"破券"之"券"，系指契约，一作"破家"，非。温庭筠《苏小小歌》云："买莲莫破券。"可证。

据《伽蓝记》卷四称："魏河间王琛，有婢朝云，善吹篪，能为《团扇歌》《陇上声》。"可见清商曲也流行于北方。北朝诗歌中的双关语，应当蒙受清商曲辞的影响。

第四节　六朝谐音双关诗的余波

——唐代的谐音双关诗

唐代诗人，模拟六朝乐府，作风人体者，我检得的有下列各篇：

长干行

崔　颢

三江潮水急，五湖风浪涌，
由来花性轻，莫畏莲舟重。

子夜歌

晁　采

何时得成匹，离恨不复牵，
金针刺菡萏，夜夜得见莲。
相逢逐凉候，黄花忽复香，
颦眉腊月露，愁杀未成霜（"霜"谐"双"）。
寄语闺中娘，颜色不常好，
含笑对棘实，欢娱须是枣（"枣"谐"早"）。

良会终有时，欢郎莫得怒，
姜蘖畏（同“喂”）春蚕，要绵（谐“眠”）须辛苦。
信使无虚日，玉醞寄盈觥，
一年一日雨，底事太多晴？
相思百余日，相见苦无期，
褰裳摘藕花，要（疑谐“邀”）莲敢恨池（疑谐“迟”）。
得郎日嗣音，令人不可睹，
熊胆磨作墨，书来字字苦。

案：原诗共十八首，录其有双关语者如上。《全唐诗》云：“晁采，小字试莺，大历时人。少与邻生文茂，约为伉俪。及长，茂时寄诗通情。采以莲子达意，坠一于盆，逾旬开花并蒂。茂以报采，乘间欢合。母得其情，叹曰：才子佳人，自应有此，遂以采归茂。诗三十二首。”事迹类小说家言。

白团扇

张 祜

白团扇，今来此去捐，
愿得入郎手，团圆郎眼前。

读曲歌

张　祜

窗中独自起，帘外独自行，

愁见蜘蛛织，寻思直到明。

碓上米（一作"人"）不舂，窗中丝罢络，

看渠驾去车，定是无四角。（未详）

不见心相许，徒云脚漫勤，

摘荷空摘叶，是底采莲人。

窗外山魈立，知渠脚不多，

三更机底下，摸著是谁梭。

案：山魈，独脚鬼。"梭"谐"疏"。脚不多，或是当时俗语，谓来往不密也。

拔蒲歌

张　祜

拔蒲来，领郎镜湖边，郎心在何处？

莫趁新莲去，拔得无心蒲，问郎看好无？

苏小小歌

张　祜

车轮不可遮，马足不可绊，

长怨十字街，使郎心四散。

新人千里去，故人千里来，

剪刀横眼底，方觉泪难裁。

登山不愁峻，涉海不愁深，

中擘庭前枣，教郎见赤心。

自君之出矣

张　祜

自君之出矣，万物看成古，

千寻葶苈枝，争奈长长苦。

案：李时珍《本草》曰："葶苈有甜、苦二种。"

白鼻騧

张　祜

为底胡姬酒，长来白鼻騧，

摘莲抛水上，郎意在浮花。

柳枝

李商隐

本是丁香树，春条结始生，

玉作弹棋局，中心亦不平。

案：据《自序》，柳枝，洛中里娘名，义山垂意焉，寻为东诸侯取去，因作诗墨其故处云云。义山又有《无题》诗云："照梁初有情，出水旧知名，裙衩芙蓉小，钗茸翡翠轻，锦长书郑重，眉细恨分明，莫近弹棋局，中心最不平。"一语两见。案魏文帝《弹棋赋》："局则丰腹高隆，庳根四颓。"又曰："文石为局，隆中夷外。"故云"中心不平"也。

风人诗四首

陆龟蒙

十万全师出，遥知正忆君，

一心如瑞麦，长作两歧分。

案："正忆君"，当是谐"整亿军"。《说文》："十万曰亿。"整亿军，即"十万全师出"也。

破繶供朝爨，须怜是苦辛，

晓天窥落宿，谁识独醒人？

案：《通俗编》："以星为醒。""人"，疑谐"辰"。

旦日思双屦，明时愿早谐，

丹青传四渎，难写是秋怀。

案："谐"谐"鞋"。马缟《中华古今注》（卷中）："凡娶
妇之家，先下丝麻鞋一緉，取其和鞋之义。"（《百川学海》本）
蒋防《霍小玉传》："先此一夕，玉梦黄衫丈夫抱生来，至席，使
玉脱鞋。惊寤而告母，因自解曰：鞋者谐也，夫妇再合；脱者解
也，既合而解，亦当永诀。"与此正同。《通俗编》："以淮为怀。"

闻道更新帜，多应废旧旗，

征衣无伴捣，独处自然悲。

案："新帜"疑谐"心志"，"旗"谐"期"。古"帜""志"
相通。《汉书·高帝纪》："旗帜皆赤。"师古曰："史家或作识，
或作志，音义皆同。"况澄《杂体诗钞》曰："以杵为处。"

山阳燕中郊乐录

陆龟蒙

淮上能无雨，回头总是情，

蒲帆浑未织，争得一欢成。

案："欢"，《容斋三笔》引作"挥"。周密《齐东野语》："余生长泽国，每闻舟子呼造帆曰欢，意谓俗谚耳。及观唐乐府有诗云：'蒲帆浑未织，争得一欢成。'是知方言俗语，皆有所据。"况澄曰："以雨为女。"

和陆鲁望风人诗三首

皮日休

刻石书离恨，因成别后悲，

莫言春茧薄，犹有万重思。

镂出容刀饰，亲逢巧笑难，

日中骚客佩，争奈即阑干。

案：况澄曰："以削为笑。"

江上秋声起，从来浪得名，

逆风犹挂席，苦不会凡（一作"帆"）情。

又有刘采春所唱诗二首，见《容斋三笔》，语特工巧。[1]

不是厨中串，争知炙里心，

井边银钏落，展转恨还深。

箬蜡为红烛，情知不自由（油），

细丝斜结网，争奈眼相钩。

七言中用双关语，似乎始于唐人。李白诗中已肇其端倪，至刘禹锡、温庭筠新体出，得到长足的进展。

荆州乐

李　白

白帝城边足风波，

瞿塘五月谁敢过。

---

[1]　《全唐诗》此二首列入裴诚名下，题名《南歌子》，共三首。另一首云："不信长相忆，抬头问取天。风吹荷叶动，无夜不摇（遥）莲。"诚又有《新添声杨柳枝词》云："独房莲子没人看，偷折莲时命也拚。若有所由来借问，但道偷莲是下官。"

荆州麦熟茧成蛾，

缲丝忆君头绪多，

拨谷飞鸣奈妾何！

案：李义山《无题》云："春蚕到死丝方尽。"温庭筠《达摩支曲》："拗莲作寸丝难绝。""丝"亦谐"思"。

竹枝词

刘禹锡

杨柳青青江水平，闻郎江上唱歌声，

东边日出西边雨，道是无晴（一作"情"）却有晴（一作"情"）。

新添声杨柳枝辞二首（一作南歌子）

温庭筠

一尺深红蒙曲尘，天生旧物不如新，

合欢桃核终堪恨，里许元来别有人（"人"谐"仁"）。

井底点灯深烛伊，共郎长行莫围棋，

玲珑骰子安红豆，入骨相思知不知？

案："烛"谐"嘱"，"围棋"谐"违期"，红豆一名相思子。（均见顾嗣立《温诗笺注》卷九）窃谓"伊"字亦双关。《王摩诘集》有苑咸《答王维戏赠》云："三点成伊犹有想，一观如幻自忘筌。"赵松谷注："佛书伊字如草书下（∴）字。"是伊字或双关骰子点数及伊人也。

刘、温两作亦入词集。外此又有皇甫松、孙光宪《竹枝词》，牛希济《生查子》，词体中用双关语，以此数者为最早。

竹枝

皇甫松

芙蓉并蒂竹枝一心连女儿，
花侵隔子竹枝眼应穿女儿。
筵中蜡烛竹枝泪珠红女儿，
合欢桃核竹枝两人同女儿。
斜江风起竹枝动横波女儿，
劈开莲子竹枝苦心多女儿。

竹枝

孙光宪

乱绳千结竹枝绊人深女儿，

越罗万丈竹枝表长寻女儿。

杨柳在身竹枝垂意绪女儿，

藕花落尽竹枝见莲心女儿。

生查子

牛希济

新月曲如眉，未有团圞意，

红豆不堪看，满眼相思泪。

终日劈桃穰，人在心儿里，

两朵隔墙花，早晚成连理。

赵宋以后，五言绝句式之双关诗较少，七言最著名者如东坡之"破衫却有重缝（逢）处，一饭何曾忘却（吃）时"，葛立方《韵语阳秋》称它为"文与意并见一句中，与风人诗又异"，其实性质并无不问，七言句长，能包纳五言二句，太白的《荆州乐》已经如此了。至于明、清以来的民歌中，谐音双关语更指不胜屈，不复赘述。

第五节　普遍使用谐音双关语的六朝社会风气

谐音双关语的大量使用，是六朝社会的一种风气，不单清商曲中为然；清商曲中的双关语，只是更为完整巧妙罢了。但此种完整巧妙的双关语，只有在盛行双关语的社会环境下，才能发荣滋长。

清商曲辞的来源有二：一是民间的谣曲，二是上层阶级的制作。这里谈谐音双关语的环境，也从民谣隐语和上层阶级的谈吐两方面来剖析。

（一）民谣隐语

六朝的民谣中，含着很多的谐音双关语。但他们的形式与清商曲的"上句述其语，下句释其义"不同；它们往往整个叙述着一个故事，即在其中的一二词语上，利用谐音来影射不好明说的别一事物；从修辞学上讲来，它们是带有谐音元素的隐喻或寓言。这类童谣，汉代已经有了。例如《汉书·五行志》

（中）的成帝时童谣：

> 燕燕尾涎涎，张公子，时相见。
>
> 木门仓琅根，燕飞来，啄皇孙；
>
> 皇孙死，燕琢矢。

歌中的"燕"，指赵飞燕。至于吴歌，从一开始就有这种谐音隐语，如孙皓天纪中童谣：

> 阿童复阿童，衔刀游渡江，
>
> 不畏岸上虎，独畏水中龙。

"龙"是指晋龙骧将军王濬（见《宋书》《晋书》的《五行志》）。到了晋代，这类谐音隐语更在歌谣中大大地发展，如惠帝元康中京洛童谣二首：

> 南风起兮吹白沙，
>
> 遥望鲁国何嵯峨，
>
> 千岁髑髅生齿牙。

城东马子莫咙哅，

比至来年缠汝鬃。

第一首起句，据《晋书·五行志》说："南风，贾后字也。白，晋行也。沙门，太子小字也。"都是谐音双关语。第二首"城东马子"指愍怀太子。太子居东宫，故曰"城东"。晋皇室姓司马氏，故曰"马子"。用"马"来指晋朝皇族，是当时童谣中最风行的修辞法，如著名的惠帝太安中童谣：

五马浮渡江，一马化为龙。

《晋书·五行志》说："其后中原大乱，宗藩多绝，唯琅玡、汝南、西阳、南顿、彭城，同至江东，而元帝（琅玡王）嗣统矣。"其他如：

恻恻力力，放马山侧，大马死，

小马饿，高山崩，石自破。

（明帝太宁初童谣）

281

凤凰生一雏，天下莫不喜，

本言是马驹，今定成龙子。

（海西公时童谣）

青青御路杨，白马紫游缰，

汝非皇太子，那得甘露浆。

（同上）

诗中的"马"，暗地都指晋帝。它们的本事均见《宋书》《晋书》的《五行志》，这里不一一细说了。上面举的都是同音同字的双关语。此外，同音异字的则如《晋书·五行志》所载：

哀帝隆和元年十月甲申，有麈入东海第，百姓欢言曰："麈（《宋志》作"主"）入东海第。"识者怪之。及海西废为东海王，乃入其第。

以"麈"关"主"。又如安帝义熙初童谣云：

官家养芦化成荻，芦生不止自成积。

"芦""荻"都是双关语。《晋书·五行志》说:"时官养卢龙,宠以金紫,奉以名州,养之已极,而龙不能怀我好音,举兵内伐,遂成仇敌也。及败,斩伐其党,如草木之成积焉。"同时尚有民谣二首:

芦生漫漫竟天半。

芦澄澄,逐水流,
东风忽如起,那得入石头。

"芦"也都指卢龙,亦见《晋书·五行志》。含有这两类双关语的童谣,几乎南北各朝都有,读者如翻检《古诗纪》《全汉三国晋南北朝诗》等总集,便可找得不少例证,这里不必多加摘录了。再者,与这相类似的谐音析字法,在当时的谶纬、谣言、相字术中也经常出现(谶纬、谣言原与童谣的性质相近),这里也不细说。

但须注意的,歌谣中尚有一类更为间接的谐音双关语,它经过了一重意译的功夫。如著名的《古绝句》(《玉台新咏》卷一〇列在晋贾充《与李夫人连句》前,当是汉魏之作):

> 藁砧今何在？山上复有山，
>
> 何当大刀头？破镜飞上天。

这首诗整个是一谜语。吴兢《乐府古题要解》解释它说："藁砧，铁也，问夫何处也。山上复有山，重山为出字，言夫不在也。何当大刀头，刀头有镮，问夫何时当还也？破镜飞上天，言月半当还也。"第一句以"铁"指"夫"，第三句以"镮"指"还"，但诗中不说出"铁"与"镮"，却把"铁"译成"藁砧"，把"镮"译成"大刀头"，所以说是更为间接的谐音双关语。与这方法相同的，如梁末童谣：

> 可怜巴马子，一日行千里。
>
> 不见马上郎，但有黄尘起。
>
> 黄尘污人衣，皂荚相料理。

"皂荚"指羊，更谐"杨"。《南史》（卷一〇《陈后主纪论》）说："尘谓陈也。江东谓羖羊角为皂荚。隋氏姓杨，杨，羊也。言陈终灭于隋也。"

上面"藁砧""大刀头""皂荚"等一类意译了的谐音双关语，其性质正和风人诗上句的比兴物相同。风人诗上句的比兴引喻之物，最习见的，如以"芙蓉"引"莲"（怜），"玉林""石阙"引"碑"（悲），"桐"树、"桐"花引"梧子"（吾子），"藩"引"篱"（离），"帘"引"薄"，"布"引"匹"等等，前后句东西名称虽不同，实际却是一物。这种一物二称的修辞方法，大约就是从上面这种童谣发展而成的。不同的是风人诗下句仍把谐音双关语（如"莲""碑"等）说出，不像童谣那般隐僻难猜罢了。

（二）上层阶级的谈吐

魏晋六朝的上层阶级人士注意言辞，是历史上著名的。谐音双关语，也是他们在谈吐中经常采用的；从这里，我们不但看到那些风流人物机警的一斑，同时也明白了为什么吴声、西曲中的若干双关语所以如此斯文。

这里从刘备说起，《蜀志》（卷一二）《张裕传》说：

> 裕饶须，先主嘲之曰："昔者居涿县，特多毛姓；东西南北，皆诸毛也。涿令称曰：诸毛绕涿居乎？"裕即答曰："昔有作上党潞长，迁为涿令。涿令者去官还家，时人与书，欲

署潞则失涿，欲署涿则失潞，乃署曰潞涿君。"先主无须，故裕以此及之。先主常衔其不逊，加忿其漏言，乃显裕谏争汉中不验，下狱。……裕遂弃市。

"潞涿"双关"露椓"。《诗·大雅·召旻》："昏椓靡共。"郑笺："椓，毁阴者也。"刘备嘲笑人家，却不愿人家嘲笑自己，气量多狭！晋代的风流人物谢安，史书有两则关涉他的双关语记载：

《晋书》（卷九二）《袁宏传》："谢安常赏其机对辩速。后安为扬州刺史，宏自吏部郎出为东阳郡，乃祖道于冶亭。时贤皆集。安欲以卒迫试之，临别执其手，顾就左右取一扇而授之曰：聊以赠行。宏应声答曰：辄当奉扬仁风，慰彼黎庶。"（《初学记》卷二、《御览》卷九引《晋阳秋》同）

《世说新语·排调篇》："谢公始有东山之志，后严命屡臻，势不获已，始就桓公（温）司马。于时人有饷桓公药草，中有远志。公取以问谢：此药又名小草（刘注引《本草》："远志一名棘宛，其叶名小草。"），何一物而有二称？谢未即答。时郝隆在座，应声答曰：此甚易解，处则为远志，出则为小草①。谢甚有愧色。桓公目谢而笑曰：郝参军此通乃不恶，亦极有会。"

袁宏诣谀，郝隆嘲谑，都能即景生情，恰到好处。"奉扬仁风"，使我们想起《懊侬曲》之一："山头草，欢少四面风，趋使侬颠倒！"远志、小草等药名，极易使人想起文字的原来意义，与此相似的例如当归，就被人不止一次地应用过。《吴志》（卷四）《太史慈传》："曹公闻其名，遗慈书，以箧封之，发省无所道，而但贮当归。"《蜀志》（卷一四）《姜维传》裴注引孙盛《杂记》："姜维诣亮，与母相失，复得母书，令求当归。维曰：良田百顷，不在一亩；但有远志，不在当归也。"（《晋书》《宋书》《五行志》同）可见郝隆"远志"之喻，也已古有前例了。这种药名双关语，后来更大大发展，到南齐王融等遂有《药名诗》的制作，虽然工致，也失却了双关的风趣。

《南史》中有三则很机智的双关语记载：

卷一八《萧琛传》："琛经预御筵，醉伏。上以枣投琛，

---

① 《博物志》卷七："远志苗曰小草，根曰远志。"（《士礼居丛书》本）

琛乃取栗掷上，正中面。御史中丞在座。帝动色曰：此中有人，不得如此，岂有说耶？琛即答曰：陛下投臣以赤心，臣敢不报以战栗。上笑悦。"

卷四三《武陵昭王晔传》："巫觋或言晔有非常之相，以此自负。武帝闻之，故无宠，未尝处方岳。于御座曲宴，醉伏地，貂抄肉桮。帝笑曰：污貂。对曰：陛下爱其羽毛，而疏其骨肉。帝不悦。"

卷八〇《侯景传》："湘东王中记室参军萧贲，骨鲠士也。每恨湘东不入援。尝与王双六，未下，贲曰：殿下都无下意。王深为憾，遂因事害之。"

同样是贴切当前情景的双关，效果却不同，专制君王常常是喜欢诒谀而嫉视讽谕的。"赤心"的双关，亦见赵整《讽谏诗》，案郭璞《枣赞》云："因材制义，赤心鲠直。"（《初学记》卷二八）大约也同远志、当归一般，在当时是被普遍使用着的。"战栗"的双关语，则当本诸《论语·八佾篇》："哀公问社于宰我，宰我对曰：夏后氏以松，殷人以柏，周人以栗，曰：使民战栗。"萧贲的双关语——"下"，使我们想起《读曲歌》的"燃灯不下炷，有油那得明"。《南史》中尚记有庾杲之吃菜的嘲谑。

以"韭"谐"九"，三韭（九）故有二十七种。《洛阳伽蓝记》
卷三："陈留侯李崇，为尚书令仪同三司，富倾天下，僮仆千
人，而性多俭吝，恶衣粗食，常无肉味，止有韭薤。崇客李元
佑语人曰：李令公一食十八种。人问其故，元祐曰：二九（韭）
一十八。闻者大笑。世人即以为讥骂。"这么相同的巧事，要
说偶合，似乎很不可能。当时南北交通频繁，江南佳话，往往
传播北地，《伽蓝记》的记载，当是庾杲之故事的衍化罢。

六朝人尚盛行着一种双关的游戏，那便是将他人的名字嵌
入言谈之中，来开玩笑，这里举两例。

（按"带二江之双流"，左思《蜀都赋》语。）

　　又卷二〇《谢庄传》："王玄谟问庄何者为双声，何者为叠韵。庄应声曰：元（通玄）护为双声，磝碏为叠韵。其捷速如此。"（按玄谟与桓护之二人曾败军于磝碏，故庄以此嘲之。）

类此之例颇多，这里不备举。这种嵌用姓名的嘲戏，诗歌中也有。《南史》卷六〇《江革传》说江革为浔阳太守，清严为属城所惮，"以正直自居。不与典签赵道智坐。道智因还都启事，面陈革堕事好酒，以琅邪王昙聪代为行事。南州士庶为之语曰：'故人不道智，新人佞散骑，莫知度不度，新人不如故'"。又同卷《江德藻传》："德藻弟从简，少有文情，年十七，作《采荷调》以刺何敬容，为当时所赏。"其歌曰："欲持荷作柱，荷弱不胜梁；欲持荷作镜，荷暗本无光。"（《乐府诗集》卷七五）这种讽刺的双关语，显得都很自然，有异于《药名》等杂体诗中呆板的镶嵌。著名的北魏胡太后的《杨白花歌》，用杨花影射她的情人杨华，文辞也很自然而富有风致。

第六节 余 论

本篇首节中说起诗歌中的谐音双关语，滥觞于汉乐府；汉乐府中的双关语，虽然不及吴歌中的完整巧妙，但其手法已很接近了。我们若放宽一点尺度，不限于手法的近似，单单注意它的"谐音双关"性质，则可发现这类隐语有着悠久的历史。闻一多先生在这方面曾有很好的见解，他在《匡斋尺牍》第三节论《诗·周南·芣苢》时说：

> 古音"芣"读如"胚"，"胎"读如"苢"。"芣苢"的本意就是"胚胎"，其字本只作"不以"，后来用为植物名变作"芣苢"，用在人身上变作"胚胎"，乃是文字孳乳分化的结果。……"芣苢"既与"胚胎"同音，在诗中这两个字便是双关的隐语（英语所谓 Pun），这又可以证明后世歌谣中以莲为怜，以藕为偶，以丝为思一类的字法，乃是中国民歌中极古旧的一个传统。(《全集·甲集》)

闻氏又说："芣苢有宜子的功用，《逸周书·王会解》早已讲过（《周书》作"桴苢"，"桴""芣"同音字），说《诗》的鲁、韩、毛各家，共同承认，本草家亦无异议。"要之荠荠被认为宜子，即由于它原与"胚胎"同字。女子求子，采荠荠，这情况与曹操及姜维的母亲要太史慈、姜维归来，寄给他们当归相仿。这类植物名词本身的双重含义，极有诱惑性地启示人们去创造双关隐语。于这种现象，崔豹《古今注》（卷下）的一席话，是足供我们参考的：

> 牛亨问曰：将离别相赠以芍药者何？答曰：芍药一名可离，故将别以赠之。亦犹相招召，赠之以文无，文无亦名当归也。欲忘人之忧，则赠以丹棘，丹棘一名忘忧草，使人忘其忧也。欲蠲人之忿，则赠之青堂，青堂一名合欢，合欢则忘忿。
>
> 牛亨又问彤管何也？答曰：彤者赤漆耳，史官载事，故以彤管，用赤心记事也。

这些例证，足够使我们看出一部分"同音同字"双关语的资料来源。至于"同音异字"的双关语，其起源想来也一定很早，因为它在汉代已被广泛使用了。这里录萧涤非先生的话作例证：

《史记·项羽本纪》："范增数目项王，举所佩玉玦以示之者三，项王默然不应。"增意盖在使项羽决心除刘邦，此以玉玦之玦双关决断之决也。又《汉书·李陵传》："立政等见陵，未得私语，即目视陵，而数数自循其刀环，握其足，阴谕之，言可归汉也。"此以刀环之环双关归还之还也。(《汉魏六朝乐府文学史》五编二章)

　　这是即景生情极为机智的暗示。按《荀子·大略篇》说："绝人以玦，反绝以环。"可见这种谐音隐语，在社会上也早已习用了。将"同音异字"的双关语，再经过一层意译功夫，意义就更隐晦，例如《魏志·齐王芳纪》注引《世语》及《魏氏春秋》并云：

　　帝与左右小臣，谋因司马文王辞，杀之。已书诏于前，文王入，帝方食栗，优人云午等唱曰："青头鸡，青头鸡。"青头鸡者，鸭也。

　　这里以"鸭"谐"押"，云午等劝齐王芳快些押诏杀司马昭，但不能在口头上明说"押"（范增、立政等的暗示是手势，故不嫌同音），因此借着齐王吃东西的当儿，假呼食物名目来示意，也真是煞费苦心。这种意译的双关语，在清商曲中非常盛行，就是所谓比兴引喻之物。

"同音同字"的双关语，其构成基础缘于一个词语包含着双重意义；"同音异字"的双关语，其构成基础则由于两个词语声音的类同，使人极自然地从这一个联想到那一个。因此，双关语的现象虽是修辞学上的问题，论其构成的本质，却要探究到语言本身上去。

谐音双关语这一种特殊的修辞方法，在一般的修辞学书籍中，都把它别立一格，这是很恰当的。因为它本质上虽然是一种隐语，借其他事物说明心里要说的事物，作用和比喻相同；但两者的修辞现象却相殊异。比喻格中用来做比拟的事物必定和目前的事物在某些地方有相类似之处，例如宋孝武的《自君之出矣》"思君如日月，回环昼夜生"，日月和相思心理都有"回环昼夜生"的情况；双关格中的"比兴引喻之物"，与心里要说的事物却并无类同之处，例如《子夜歌》"桐树生门前，出入见梧（吾）子"，上句的事实和下句的愿望在意义上并没有什么类同之处，不过借"桐树生门前"的事实，来引起下句的双关语罢了。双关格的不同于比喻，主要的原因在于构成双关语的要素是两种事物间声音的类同而不是意义上的类似。

　　双关格与比喻不同，是一般的情形；但少数特殊的双关格，也有同比喻的方法一致的。例如《子夜冬歌》云"葵藿生谷底，倾心不蒙照"，和陈后主的《自君之出矣》"思君如昼烛，怀心不见明"，方式完全一样，仅仅前者缺少比喻的连接词（"如"）而已。《夜黄》的"鸳鸯逐野鸭，恐畏不成双"，也近比喻。这种例子在清商曲中非常稀少。反过来，一些比喻格，由于节省了某种词语，也会形成双关格。例如陈叔达的《自君之出矣》"思君如夜烛，煎泪几千行"，是比喻；李商隐的"蜡炬成灰泪始干"，却成双关。陈后主的《自君之出矣》"思君如蘖条，夜夜只交苦"，是比喻；张祜的《自君之出矣》"千寻蓂荙枝，争奈长长苦"，却是双关了。在这类少数的双关格例子中，引起双关语的事物同心里要说的事物在意义上也有某种互相类似之处，所以同比喻格相通。

　　修辞中的另一种现象——歇后语，跟谐音双关语的关系也非常密切。"一般的歇后语都是由两部分构成的：前半是一个比方，后半是这个比方的解释。平常说话的时候，可以单把前半截的比方说出来，把后半截的解释省去，让听话的人自己去体会猜测。歇后语这个名称就是这么来的。"（张瓌一《修辞概要》）由两部分构成的歇后语，其格式跟风人诗非常相像。前半的比方，相当于风人诗的"比兴引喻之物"；后半的解释，相当于风人诗的"实言以证"。例如"泥菩萨过江——自身难保"是一个歇后语，但"自身难保"还只是意义上的双关，还没有以谐音作手段。像上面所举的俗谚"黄蘖树下弹琴——苦中作乐"和"石臼里舂夜叉——捣鬼"，就以谐音作手段，前者是同音同字的，后者是同音异字的。这样的歇后语，性质就跟风人诗相同，所以《通俗编》把这种俗谚跟风人诗相提并论。一般说来，歇后语后半如是意义上的双关，其前半用来作比拟的事物和目前的事物在某些地方相类似，跟比喻格相通；歇后语后半如是谐音双关，其前半所说的事物跟目前的事物就并无类同之处。

最后要说明的，就是谐音双关语这种修辞格式，其特点既然在利用谐音作手段以一个词语关顾两种不同意义，因此，这种修辞现象是属于语言（口头）上的而不是属于文字（书面）上的。从《诗经》的《国风》、汉乐府的相和歌，到六朝的吴声、西曲，以至明代的山歌、清代的粤风，谐音双关语一直在民间歌谣中流行发展。这种历史事实告诉我们：谐音双关语是口头文学的一种特殊修辞现象，它同民间语言经常保持着密切的联系，所以总是显得新鲜、活泼、生动、自然，对读者具有强大的魅力。这种语言上的修辞特色，影响所及，也大大地流行于贵族文士的谈吐中间。贵族文士们更仿作了许多含有谐音双关语的诗歌。他们的作品，也有写得很生动的，但慢慢地终于趋向雕琢文字的途径，像"围棋烧败袄，著子故依然"这类诗句，以及皮日休、陆龟蒙的风人诗，都在文字的纤巧上下功夫，完全失掉了民歌的自然活泼的本色。这说明了作为口头文学修辞特色的谐音双关语，一旦同活的语言失掉联系，就必然地会趋向没落和死亡。

辑二
赏析篇

王献之《桃叶歌》

桃叶映红花，无风自婀娜。

春花映何限，感郎独采我。

《桃叶歌》是东晋乐府"清商曲辞·吴声歌曲"中的一个曲调。据《乐府诗集》引《古今乐录》，该曲调系东晋中期王献之所作，有歌词三首，本篇是其中之一。王献之是大书法家王羲之的儿子，也擅长书法，后世并称"二王"。从《桃叶歌》看，王献之的文才也不差。桃叶是王献之的妾，献之非常爱她，因此写作此歌。

本篇以桃叶的口吻来抒写桃叶对王献之热爱她的感激之

情，篇中的郎即指献之。本篇上两句说：桃树绿叶红花互相映带，它那轻盈娇艳的体态，虽然没有春风的吹拂，也仿佛在微微晃动，显得婀娜多姿。这两句表面上写桃树，实际是以桃花比喻桃叶妾的美丽。下两句说：春天百花盛开，在明媚的阳光下，焕发光彩的花木品种，真是数也数不清；可是郎君唯独喜爱、采撷我（桃花），其情谊是多么令人感动啊！这两句以桃叶的口吻，写她受到王献之热爱的感激心情。全篇以桃花比桃叶妾，显示出她的娇艳美丽；以王献之于春日百花中独采桃花，表现出他对桃叶的深情和桃叶对他的感激。短短四句，通过生动的比喻，把桃叶的美丽、献之和桃叶两人间的情爱都表现出来了，语短情长，堪称古代爱情诗中的一篇佳作。诗的语言朴素明朗，比喻生动，可以看出深受当时吴地民歌的影响。

《桃叶歌》抒写对婢妾的情爱，除掉受民歌大胆表现爱情的影响外，还显示出魏晋时代文人思想比较解放的特色。在汉代，儒家思想的统治相当强大。儒家提倡诗教，要求诗歌"发乎情，止乎礼义"，表现男女情爱而无关政治教化的作品，往往受到轻视，甚至被目为淫辞，限制很多。因此在汉诗中，我们只能看到像秦嘉、徐淑夫妻赠答的诗篇（即使这样的诗为数也很少），而不能看到像《桃叶歌》那样的作品。到魏晋时期，儒家思想的统治大为削弱，道家的老庄思想抬头。当时不少文人要求摆脱森严的礼法束缚，崇尚自然，主张顺着人的自然感情行动。在处理男女关系上也是如此。《桃叶歌》敢于表现对社会地位低下的妾的情爱，可说正是这种时代新风气下的产物。与《桃叶歌》同时，乐府吴声歌曲中的《碧玉歌》《团扇歌》与之声气相通。《碧玉歌》写晋汝南王司马义的爱妾碧玉对汝南王的感激之情，《团扇歌》写晋中书令王珉和嫂婢谢芳姿间的情爱，题材内容与《桃叶歌》非常接近，反映了一个时代贵族、文人在生活、创作方面的共同风尚。它们在表现魏晋人的任诞放荡、纵情享受方面，有其消极一面；但在反抗儒家礼法、大胆表现真情实意方面，又具有一定的进步意义。

（原载《汉魏六朝诗鉴赏辞典》，上海辞书出版社 2016 年 1 月版）

柳恽的《江南曲》

南朝梁代柳恽的《江南曲》，是南朝文人乐府诗中的一篇杰作，为许多选本所选录。原辞如下：

> 汀洲采白蘋，日落江南春。
>
> 洞庭有归客，潇湘逢故人。
>
> 故人何不返，春花复应晚。
>
> 不道新知乐，只言行路远。

（据《乐府诗集》卷二六）

《江南》是乐府相和歌辞的一个曲调。汉乐府古辞即"江南可采莲，莲叶何田田"篇。南朝文人除柳恽外，汤惠休、萧纲都写了《江南思》，沈约也写了《江南曲》，但都不及柳恽写得好。唐代文人写《江南曲》的更多了。

柳恽《江南曲》写一位江南妇女，当暮春之际，思念她远出不归的丈夫。那位在汀洲采集白蘋的妇女，究竟在江南什么地方，这是正确了解诗意必须弄明白的。古代所谓江南，区域颇为广阔，今长江以南一带，东部的江苏、浙江地区，西部的江西、湖南、湖北地区，都属江南范围。唐代陆龟蒙有《江南曲》五首，其四有云："光摇越鸟巢，影乱吴娃楫。"提到越、吴，指今浙江、江苏地区。其五有云："回看帝子渚，稍背鄂君船。"上句化用《九歌·湘夫人》"帝子降兮北渚"语，下句用《越人歌》中越人与鄂君子皙同舟的故事，则当指今湖北地区。

柳恽诗三、四句中提到洞庭湖、潇水、湘水，均在今湖南省；产生于洞庭湖一带地区的《九歌·湘夫人》中又有"登白蘋兮骋望"句，"蘋"与"蘋"形近。这些使人容易误会柳诗中那位妇女采摘白蘋的地点也在今湖南省。实际不然，这首诗是柳恽在吴兴（今浙江湖州市）写的。柳恽曾两度为吴兴太守，在吴兴多年（见《梁书·柳恽传》）。唐宋人作品中还留有关于白蘋洲的记载。说得最具体的要算白居易的《白蘋洲五亭记》一文。文章颇长，节录有关片段如下：

> 湖州城东南二百步，抵霅溪。溪连汀洲，洲一名白
> 蘋。梁吴兴守柳恽于此赋诗云："汀洲采白蘋。"因以为名
> 也。……至大历（唐代宗年号）十一年，颜鲁公真卿为刺史，
> 始剪榛导流，作八角亭以游息焉。（《白居易集》卷七一）

可见因为柳恽的"汀洲采白蘋"诗句很出名，后人就把湖洲霅
溪附近的汀洲唤作白蘋洲，成为一处古迹。后来颜真卿做湖
州刺史时，又在白蘋洲上筑亭。白居易该文后面，还讲到开成
（唐文宗年号）三年，白居易友人杨汉公为湖州刺史，在白蘋洲
一带"疏四渠，浚二池，树三园，构五亭"，使那里的风景、建
筑进一步美化。按《颜鲁公文集》卷一三有《吴兴地记》一文，
其"山川"门中，记有太湖、霅溪、白蘋洲等名目，可见他对
白蘋洲确是相当重视的。北宋乐史的《太平寰宇记》，是一部
保存了许多文化史料的大型地理志，其卷九四湖州部分也有关
于白蘋洲的记载：

> 白蘋洲，在霅溪之东南，去州（指湖州府治）一里。洲

上有鲁公颜真卿芳亭，内有梁太守柳恽诗云："汀洲采白蘋，日晚江南春。"因以为名。洲内有池，池中旧有千叶莲；今惟地名故址存焉。

从上述材料看来，柳恽此诗作于吴兴，应当是明白无疑的了。

这首诗写吴兴一位妇女忆念她远出不归的丈夫。当江南春意融融的时候，她在汀洲上采摘白蘋草，凑巧在路上遇见一位从洞庭湖一带归来的同乡人（"归客"），说起在潇、湘（两条流入洞庭湖的河水）一带碰到她的丈夫（"故人"）。那妇女问归客道："烂漫的春花又将凋谢，我丈夫为什么还不回来？"诗篇转述归客回答的意思说道："我碰到你丈夫时，他没有讲起找到新的配偶（"新知"）很快乐，只说路程遥远，一时回不来。"余冠英先生《汉魏六朝诗选》注释此诗说："（"洞庭"）两句是说有客从洞庭回到诗中主人公所在之地。这个归客对她提起曾在潇湘遇见她的故人。'故人'二句是问归客之辞。末二句是述归客的答辞。"这样理解是正确的。

那位故人到洞庭潇湘一带干什么，诗中没有明言，估计是经商。南朝时，许多商人经常来往出入于长江下游的江浙地区和长江中游的荆湘地区做生意。南朝乐府清商曲辞西曲歌中，有不少篇章描述商估情妇的哀怨之情。西曲歌中的《估客乐》，是专门写商估的。还有《三洲歌》也是商人歌。据《古今乐录》记载："《三洲歌》者，商客数游巴陵，三江口往还，因共作此歌。"(《乐府诗集》卷四八引)巴陵，今湖南岳阳市，即在洞庭湖畔。西曲歌流行于南朝宋、齐、梁时，正是柳恽写诗的年代。这样看来，推测柳恽诗中的"故人"是一位商人，是很可能的。商人远出经商，经年不归家，在外埠另找新人同居，都是较常见的。

这首诗虽只有短短八句，但语言精炼，表情委婉曲折，含蕴丰富，耐人寻味，在艺术上达到很高境界。首二句写当春光明媚时，那妇女在汀洲采摘白蘋，寓有将以投赠远行人的意思，表现了那妇女深切的愁思。三、四两句，用极简括的十个字点明了归客的情况以及女主人公和他的关系。后半篇是女主人公、归客一问一答。五、六句说春花将凋谢，寓有大好春光即将逝去、空闺寂寞的意思，不但委婉地表现了女主人公内心的深沉哀怨，而且和首二句的情景互相呼应。归客了解女主人公的疑虑情绪，回答说没有听故人说起有新的伴侣，只因路远不能回来，在说明情况中带有慰藉，在表达上也富有含蕴不露之妙。

这首诗善于学习、吸取前代诗歌的优点和长处。《九歌·湘夫人》云："搴汀洲兮杜若，将以遗兮远者。"后代诗中常有采摘芳草香花以赠远之辞，实滥觞于此。汉代《古诗十九首》之一"涉江采芙蓉"篇云：

> 涉江采芙蓉，兰泽多芳草。
>
> 采之欲遗谁，所思在远道。
>
> 还顾望旧乡，长路漫浩浩。
>
> 同心而离居，忧伤以终老。

它把采花赠远的题材具体化了。全篇情辞婉转，凄楚动人。柳恽诗的情调和气味，和此篇相当接近，当是受其影响。另一方面，柳恽诗下半篇采用问答体，又是学习汉魏乐府诗的手法。汉魏乐府诗多用问答体，如汉代乐府无名氏古辞《陌上桑》《东门行》《上山采蘼芜》《十五从军征》等，都运用问答体，长诗《焦仲卿妻》运用尤多。另外，文人作品宋子侯的《董娇饶》、陈琳的《饮马长城窟行》，也运用了问答手法。这些诗篇通过问答手法，更真切生动地展示了人物的思想感情和性格，增强了作品的艺术感染力。如《上山采蘼芜》：

> 上山采蘼芜，下山逢故夫。长跪问故夫："新人复何

　如？""新人虽言好，未若故人姝。颜色类相似，手爪不相

　如。"

两相比较，不难看出柳恽《江南曲》从这类描写中获得了启发
和滋润。只是汉魏乐府长于叙事，描写比较具体；柳恽诗则重
在抒情，叙事简练含蓄，留下较多的空间让读者自己去思索玩
味。他学习吸取了汉魏乐府问答体的生动性，但又含蕴不尽，
显示出自己的艺术特色。

（原载《古典文学知识》1991 年第 5 期）

六朝乐府《前溪歌》

忧思出门倚，逢郎前溪度。

莫作流水心，引新都舍故。

在武康县（今并入浙江德清县）境有一条名叫前溪的河流，那里溪水清澈，树木葱茏，风景幽美。六朝时代乐府诗中著名的《前溪歌》，即产生在那里。

现存无名氏的《前溪歌》共七首，这是其中的第一首。诗歌以青年女子的口吻，诉说她失恋后的痛苦和愿望。和她一度相爱过的欢郎，如今抛弃了她，不再来了。她满怀忧思，倚门而望。她远远看到欢郎仍然在前溪旁边经过，可是不再来找寻她了。两人从前在前溪附近经历过的一段情爱缠绵、卿卿我我的热恋生活，已经变成痛苦的记忆。她呆呆地望着前溪，只见溪中后浪逐前浪，水流一去不返，多么像她和欢郎的爱情啊！可是她还是痴心地盼望欢郎不要像流水那样引新舍故，而是能够继续从前的爱情。

出于自愿的相爱和分手，本是男女双方平等的权利。可是，在我国过去的封建社会中，由于社会制度、风俗习惯等原因，妇女在经济、社会地位等方面一直处在被奴役、被歧视的境地。在爱情和婚姻生活中，她们经常没有选择的自由，经常遭受着被蹂躏、被遗弃的痛苦。上起《诗经·国风》，下至明清民歌，表现这方面题材的歌谣是非常多的。在六朝乐府吴声歌曲和西曲歌中，这种题材也是相当多的。这首诗也表现了女子在爱情生活中被抛弃的悲哀。《前溪歌》另一首有云："花落逐水去，何当顺流还，还亦不复鲜。"似乎表达了与本篇相类似的情绪。

本篇第三、四两句写女子面对前溪，即景生情，希望欢郎不要像流水那样引新舍故，显得亲切生动。民歌常常运用比喻手法，以眼前景、寻常事作比来表达情意，取得形象鲜明、感染读者的艺术效果。本篇的比喻，使人想起六朝乐府《估客乐》中的诗句："莫作瓶落井，一去无消息。"均以"莫作"领起，本篇用眼前景、《估客乐》用寻常事，都以巧妙的比喻来表现女子希望情郎不要抛弃自己的愿望。

《前溪歌》是六朝乐府"清商曲辞·吴声歌曲"中的一个曲调。它原来大约是当地流行的民歌，后来被贵族、文人采入乐府。乐府中的《前溪歌》，相传为东晋初年的沈充所制作。沈家是当地豪族。沈充官至车骑将军，官位颇高，后因参与王敦叛乱被杀。《晋书》中有他的传记。沈充活着时有钱有势，家中拥有不少伎乐人员。他采撷当地的歌谣，改制成《前溪》乐曲，由家中女伎边唱边舞，成为很动人的歌舞乐曲。它在东晋即被中央的乐府机关所采择，在东晋和南朝时代一直很流行。直至唐代，诗人崔颢还有"舞爱《前溪》妙，歌怜《子夜》长"的诗句，把它和著名的《子夜歌》相提并论。不过，据《太平寰宇记》等书籍记载，沈充所作的《前溪歌》歌词，后世仅存"当曙与未曙，百鸟啼忽忽"两句。现存的《前溪歌》七首，则是南朝宋少帝（刘义符）所制。宋少帝爱好通俗歌曲，这七首歌词，大约是他要手下的文人、乐工们根据民歌改作或仿作而成。

（原载《汉魏六朝诗鉴赏辞典》，上海辞书出版社 2016 年 1 月版）

●

六朝乐府《碧玉歌》

碧玉小家女，不敢攀贵德。

感郎千金意，惭无倾城色。

碧玉破瓜时，相为情颠倒。

感郎不羞郎，回身就郎抱。

　　"小家碧玉"在旧社会中是广泛流行的一个成语，它与"大家闺秀"不同，指出身门第不高但颇可爱的女子。这成语的来历即源于《碧玉歌》。《乐府诗集》收录无名氏《碧玉歌》共五首，上面所引是其中的两首。

《碧玉歌》歌咏的是真人真事。据《通典·乐典》记载，碧玉是晋朝宗室汝南王的姬妾，汝南王非常宠爱她，因此制作了《碧玉歌》。结合《晋书·汝南王亮传》、戴祚《甄异记》等古籍记载，可知汝南王是东晋的司马义（"义"一作"羲"），官至散骑常侍。司马义是东晋皇帝本家，又任高官，故诗中称为"贵德"。碧玉姓刘，出身不高，故诗中称为"小家女"。碧玉擅长唱歌，但容貌并不美，故诗中说"惭无倾城色"。破瓜时，指碧玉年方二八（十六岁）。篆书"瓜"字好像两个"八"字叠成，因此古人用"破瓜"形容女子二八年华。

《碧玉歌》虽然写的是贵族生活，但运用了当时民间的吴歌体，语言通俗生动，感情热烈大胆，富有民歌风味。"感郎不羞郎"两句，更具有民间情歌真率大胆、毫不遮遮掩掩的特色。东晋时代，吴越地区的民间情歌，深受贵族文人喜爱，不但有不少被采录加工，配乐演唱；而且还加以模仿，用来表现上层阶级的风流生活。后者除《碧玉歌》外，还有像王献之《桃叶歌》、无名氏《团扇歌》均是。从此可以充分看到古代民间文学对文人文学的影响。

《甄异记》更载有一则关于碧玉的离奇故事，内容说：司马义临终时，叮嘱碧玉不要再嫁，碧玉允诺。司马义葬后，碧玉准备嫁给邻家。忽见司马义乘马入门，引弓射中其喉，碧玉痛极昏死。隔十多日才苏醒复活，周岁后才能说话。从此她丧失了美妙的歌喉，不再改嫁。这故事荒诞不足信，但反映了古代贵族阶级人士对待姬妾的残忍：不但活着时要占有，连死后也不让对方获得自由。

这两首诗，《玉台新咏》署为孙绰作。孙绰是东晋中期著名文人，擅长写作，与司马义同时。他经常出入于王公贵族之门，为他们写文章。这两首诗，很可能是孙绰应司马义的请求而写的。

（原载《汉魏六朝诗鉴赏辞典》，上海辞书出版社 2016 年 1 月版）

六朝乐府《团扇歌》

青青林中竹，可作白团扇。

动摇郎玉手，因风托方便。

团扇复团扇，持许自遮面。

憔悴无复理，羞与郎相见。

《团扇歌》一名《团扇郎歌》，郭茂倩《乐府诗集》共著录
无名氏作七首，上面是其中的两首。

关于《团扇歌》的起源，有一个很动人的故事。东晋做中
书令大官的王珉，喜欢使用白团扇却暑。王珉和嫂子的婢女谢

芳姿发生爱情，经常欢聚。嫂子闻讯后生了气，重重鞭挞芳姿。王珣（王珉之兄）加以劝阻。芳姿平时善唱歌，嫂子要她唱歌一曲，再加赦免。她即时唱道："白团扇，辛苦五（当是"互"的误字）流连，是郎眼所见。"王珉明明知道歌中的郎指自己，故意问芳姿："你唱的歌送给谁？"她又唱了另一首歌作答："白团扇，憔悴非昔容，羞与郎相见。"后人据此写了若干《团扇歌》。

这个故事表现了南朝贵族文人的风流韵事，在当时颇为闻名。据史籍记载，六朝士人喜欢使用白团扇。《团扇歌》中的郎，原来是指王珉，但后人所作的《团扇歌》，则可以指别的情人。

这里第一首歌即景生情，说看到竹林中青翠的竹子，想到它们可以砍下来制成白团扇，为欢郎玉手所执握摇动，扇起阵阵清风。因此产生遐想：清风呵，能否给予方便，把我思念郎君的情意传递给他呢？歌词语言朴素真率，表达了女子诚挚的感情。后两句富有含蕴和想象，使我们想起李白赠其好友王昌龄的佳句："我寄愁心与明月，随风直到夜郎西。"（《闻王昌龄左迁龙标遥有此寄》）第二首歌显然是根据谢芳姿原作加工而成。许，语助词。全歌意思说：我思念你郎君，忧心忡忡，又受鞭挞，备受折磨，变得容颜憔悴，又无心整理修饰，实在害怕你见到这副模样。我得用团扇来遮住自己的面容呢！本来是热恋郎君，渴望与郎君相会，现在却因容颜憔悴而害怕会面，即使会面也得用团扇遮面，细致地表现了女子复杂矛盾的心情。此歌后两句袭用谢芳姿原词，第一句改成"团扇复团扇"五言句，叠用"团扇"一词，增加第二句"持许自遮面"，不但使全诗成为整齐的五言古绝句，而且在表现女子沉重复杂的心情方面，显得更为生动细致了。

这两首歌，有的古书（《玉台新咏》《艺文类聚》）作桃叶《答王团扇歌》。王团扇指王献之，是东晋著名的文人、书法家。桃叶是王献之的婢妾，两人情爱很深，王献之曾作《情人桃叶歌》赠予桃叶。王献之与王珉是同时人，又同是王氏大家族中的著名人物。王献之在王珉之前曾担任中书令要职，他和婢妾桃叶相爱之事，与王珉与嫂婢谢芳姿相爱事相像，所以传说在流传过程中容易混淆起来。

（原载《汉魏六朝诗鉴赏辞典》，上海辞书出版社 2016 年 1 月版）